Cipreses bajo la luna

Cipreses bajo la luna

Álvaro del Castaño Villanueva

Plataforma Editorial
Barcelona

Primera edición en esta colección:
abril de 2011

© Álvaro del Castaño, 2011
© de la presente edición: Plataforma Editorial, 2011

Plataforma Editorial
c/ Muntaner, 231, 4-1B - 08021 Barcelona
Tel.: (+34) 93 494 79 99 — Fax: (+34) 93 419 23 14
www.plataformaeditorial.com
info@plataformaeditorial.com

Depósito legal: B. 15.411-2011
ISBN: 978-84-15115-40-3
Printed in Spain — Impreso en España

Diseño de cubierta:
Utopikka
www.utopikka.com

Diseño gráfico:
Daniela Saravia, Mariella Hughes y María Pía Chaparro

© foto de la portada: Paz Juristo

Fotocomposición:
Grafime. Mallorca, 1 - 08014 Barcelona
www.grafime.com

El papel que se ha utilizado para imprimir este libro proviene
de explotaciones forestales controladas, donde se respetan
los valores ecológicos, sociales y el desarrollo sostenible del bosque.

Impresión:
Romanyà-Valls; Verdaguer, 1 – Capellades (Barcelona)
www.romanyavalls.com

Reservados todos los derechos. Quedan rigurosamente prohibidas,
sin la autorización escrita de los titulares del copyright, bajo las sanciones establecidas
en las leyes, la reproducción total o parcial de esta obra por cualquier medio o procedimiento,
comprendidos la reprografía y el tratamiento informático, y la distribución de ejemplares
de ella mediante alquiler o préstamo públicos. Si necesita fotocopiar o reproducir
algún fragmento de esta obra, diríjase al editor o a CEDRO (www.cedro.org).

A mi querida Paz

«Si lloras por haber perdido el sol,
las lágrimas no te dejarán ver las estrellas.»

R. Tagore (1861-1941)
Filósofo y escritor indio

CAPÍTULO I

El Cairo, abril de 1954

—MAURICE, PARA EL COCHE —dijo una firme voz de mujer desde el interior de un Mercedes 250 SL del año 49.

La bandera de España ondeaba en el extremo derecho de la parte delantera del vehículo. Se trataba de un coche oficial. Ateniéndose a las instrucciones, el chófer frenó en seco, obviando a los otros vehículos que circulaban por detrás, así como a la muchedumbre que, lo mismo que un rebaño de ovejas bien adiestrado, desbordaba la carretera. Se escucharon varios gritos insolentes y dos o tres bocinas roncas. Nada que no se oiga en cualquier momento o a cualquier hora de la mañana en esa misma calle de El Cairo. Al otro lado de esta, desde la ventana de su tienda en el bazar, Hassan observaba el paso frenético de la riada humana de las doce del mediodía, ebrio de aburrimiento.

El sol deslumbrante y amenazador desafiaba a todos aquellos que, no siendo egipcios, se atrevían a asomarse por las calles de la caótica ciudad.

Al ver que se acercaba el coche diplomático, Hassan despertó de su estado hipnótico con un sobresalto. Dando un brinco, se apresuró a abrir las puertas del comercio, enarbolando una gran sonrisa nerviosa debajo de su mostacho oscuro y fanfarrón. Salió del local y se acercó a abrir la puerta del coche, inclinándose levemente a medida que tiraba de ella.

—Madame embajadora —saludó con su fino acento francés, antes de que nadie se bajara del vehículo—, qué ilusión verla por aquí de nuevo. ¿Cómo está el señor embajador?

Maurice abandonó su puesto con el fin de abrir un pequeño parasol de color blanco, que colocó en el umbral de la puerta del coche justo en el instante en que asomaba la pierna de la esbelta dama.

—Gracias, Maurice. —La bella mujer se apeó con lentitud. Sus movimientos acompasados revelaban una elegancia innata—. Deja que Hassan me acompañe hasta la tienda —ordenó al chófer— y aguarda aquí fuera hasta que salga. —Pese a su tono imperativo, esbozaba una cariñosa sonrisa.

—Excelentísima señora —dijo Maurice al tiempo que inclinaba la cabeza.

La mujer cruzó la acera, interrumpiendo la circulación de la riada humana que discurría a borbotones en esos momentos. Sin hacer ni un gesto, como si fueran autómatas, los viandantes se detuvieron al mismo tiempo, deslumbrados por el porte de la mujer alta, rubia y esbelta. Ella cruzó con decisión los pocos pasos que separaban el imponente coche del comercio. Su traje suave, ligero, vaporoso y de un tono rosa pálido contrastaba con la mugre que había alrededor.

—Madame, ¿qué puedo ofrecerle en mi humilde comercio? ¿Le apetecería tomar un té?

Con ademán ceremonioso, Hassan dio dos sonoras palmadas. En un principio, pareció que su llamada no había surtido efecto alguno. Pero al poco tiempo, de las cortinas que había al fondo del local, surgieron dos niños que transportaban una bandeja sobre la cual lucía un magnífico servicio de té. Tanto la bandeja como la vajilla eran de plata, algo que contrastaba descaradamente con el entorno y las tradiciones del lugar. Parecían haber estado esperándola.

—¿Le gustan estas piezas de plata, madame? Sorprendida, ¿verdad? ¡Son extraordinarias! —exclamó el tendero, satisfecho por el interés que había suscitado en ella—. Fueron un regalo del embajador de Inglaterra a Farida, una de las mujeres de su majestad el rey Faruq, por la gracia de Dios, rey de Egipto y de Sudán, soberano de Nubia, Kordofán y Darfur. Era la más bella, y se rumorea que el regalo fue una recompensa por algún servicio diplomático que le prestó su alteza real —comentó entre carcajadas malintencionadas, inclinando la cabeza hacia la izquierda con expresión de complicidad.

—Hassan, me complace verle de tan buen humor. ¡El negocio debe de marchar viento en popa!

—Madame —la cara se le ensombreció inmediatamente—, ya sabe que el negocio va lento, es difícil y casi no tengo para dar de comer a mi familia. Las cosas están muy revueltas últimamente y pocos occidentales se acercan por este bazar ante los sucesos que están asolando la ciudad…

—Bueno, bueno, Hassan, no empieces con lo de siempre —le pidió la embajadora—. He venido a recoger las dos piezas de Blanc de Chine que me prometiste y el cuadro que iba con ellas. Y, por favor, no me vuelvas a contar lo difícil que ha sido convencer al entorno del rey para hacerte con estas piezas. El precio ya lo fijamos y no tengo tiempo de discutir —le pidió con tono severo.

Hassan no se había acostumbrado aún a tratar con la embajadora, aunque, sin duda, ella era una de sus mejores clientas. Su condición de mujer occidental y erudita ya ponía las cosas difíciles, pero lo que las empeoraba todavía más era su mirada femenina y decidida, la cual reflejaba una inteligencia y una capacidad de intimidación desconocidas para él en el sexo opuesto.

—Excelencia, está todo preparado —anunció mientras se volvía y se dirigía hacia las cortinas del fondo del local.

Pero Hassan no llegó a penetrar en ellas. Se detuvo

repentinamente y se volvió con una expresión azorada que sorprendió a la embajadora.

—Solo… solo un detalle, ejem —carraspeó, titubeando acerca de cómo seguir, dándose tiempo para elegir bien las palabras que iba a decir—: la pareja de porcelanas, las dos bandadas de gansos levantando el vuelo que se va a llevar, desafortunadamente ya no van acompañadas del cuadro del mandarín.

Pese a ser un hombre gordinflón, se volvió con agilidad y cruzó las cortinas que conducían a la trastienda como una exhalación, y desapareció sin dejar rastro.

—¡Hassan! —gritó la bella dama, perdiendo repentinamente la paciencia—. ¡Hassan, venga aquí inmediatamente! —insistió al darse cuenta de que Hassan había desaparecido—. *N' importe quoi!* ¡Hassan! —gritó con desesperación.

Hassan había encontrado de nuevo un mejor postor para una de sus piezas. Aunque nunca lo reconocería, alguien le había pagado más por el cuadro del caballero chino que tanto le gustaba a la embajadora, por lo que su lealtad se había diluido. Pero el respeto que le profesaba en secreto le garantizaba al menos que las otras dos piezas, en verdad las más valiosas, no hubieran sido vendidas a otra «bolsa de dinero» mayor. Este pensamiento hizo sonreír a su excelencia. Era un halago a su buen gusto y a su capacidad de rastreo. Pero sabía que Hassan le debía una, y quería aprovecharse.

Se dio cuenta de que el cuadro del caballero chino al que Hassan le había encontrado otro comprador aún reposaba en su atril en una esquina del local. Dicha pintura era lo primero que había observado al entrar en esa tienda por primera vez. Siempre intuyó que carecía de valor artístico, al contrario que las porcelanas. Medía un par de metros de largo por uno de ancho y mostraba a un caballero chino retratado con gran sencillez. Le cautivaban las elegantes facciones del caballero oriental, así como su mirada indescifrable. Debajo del retrato aparecían pintados en gruesos trazos una serie de caracteres chinos que seguramente explicaban quién era el protagonista de la estampa y dónde se ubicaba la escena. Hassan siempre le contaba una historia diferente sobre su procedencia y sobre la historia del retratado. La que más repetía era la de que se trataba de un famoso doctor chino especialista en el arte del amor. Siempre que decía esto se echaba a reír con carcajadas ahogadas. El comerciante se había hecho con el cuadro en el mismo lote al que pertenecía el conjunto de porcelanas decoradas con gansos que iba a adquirir la embajadora, pero claramente eran de diferente época y calidad. Pese a la escasa relevancia artística de la pintura, a sus clientes les resultaba cuanto menos curiosa. Se había convertido en una especie de juego entrar en la tienda y preguntarle a Hassan por su procedencia y su historia.

Una chispa de astucia iluminaba el rostro de la embajadora, quien esbozó una malévola sonrisa. Acercándose a la ventana, le hizo una señal a Maurice para que entrase cuanto antes. El chófer se apresuró, sorprendido, pues era la primera vez que era invitado a entrar en el comercio.

—Maurice, coge ese cuadro —le instó la embajadora mientras señalaba la pintura con su dedo índice—. Haz el favor de meterlo en el maletero del coche y espérame ahí. ¡Date prisa!

Maurice salió del comercio con el cuadro entre sus manos y lo colocó con cuidado en el maletero trasero del Mercedes.

En ese mismo instante, Hassan salió de detrás de las cortinas del bazar con gran revuelo y teatralidad acompañado de sus hijos, quienes ejercían de cargadores y de repentinos guardaespaldas de su padre. Cada uno de ellos portaba una de las porcelanas, perfectamente envueltas en un papel de periódico amarillento y atado con una cuerda de esparto. Hassan, sin mirar a la señora, les gritaba:

—Llevad estas piezas al coche con cuidado de no romperlas, que son el sustento de nuestra familia... Venga, venga, despacio, abajo, abajo... Así no... —En realidad, no estaba prestando atención a lo que hacían sus hijos. Con el rabillo del ojo observaba con creciente sorpresa la cara de satisfacción de la señora. La falta de reacción o de enfado de la embajadora lo ponía aún más nervioso—. Niños, dejad las piezas en el maletero del coche sin manchar el vehículo de su excelencia, por favor —prosiguió mientras hacía aspavientos.

Cuando vio que la embajadora no le reñía ni trataba de regatear con él, su curiosidad se transformó en una torturadora incertidumbre. Por debajo de sus frenéticos gestos, se preguntó con inquietud qué era lo que estaba tramando la importante dama.

—Hassan, muchas gracias, que Dios te guarde —dijo la señora mientras salía de la tienda.

Él la siguió respetuosamente hasta el coche.

De un salto, Maurice volvió a sacar el parasol, pero antes de que pudiera desplegarlo su jefa ya se había introducido en el vehículo. El chófer se colocó de inmediato frente al volante y preguntó con aires exagerados:

—¿A la embajada, excelencia?

—Sí, Maurice —asintió ella, incapaz de borrar la gran sonrisa de complacencia que se había apoderado de su rostro.

Ordenó a Maurice que fuera muy despacio. Ante la atónita mirada de Hassan, que aún la esperaba cortésmente a la puerta del comercio, la embajadora se asomó por la ventana del vehículo y exclamó con entusiasmo:

—Por cierto, me he tomado la libertad de cargar en el coche el *«chinois bourgeois»* que tan elegantemente me iba a regalar como compensación por haberme desilusionado con las piezas de hoy —gritó, y con un gesto de la mano indicó a Maurice que acelerara.

El coche se perdió en el tumulto del bazar.

CAPÍTULO II

Madrid, febrero de 2008

CASILDA HABÍA CRECIDO en un piso del centro de Madrid. La niñez se le antojaba como un período estático en el que nos imaginamos de forma muy visual nuestros recuerdos, como si fueran estampas en blanco y negro o una serie de fotogramas de cine mudo. Así los revivía yo cuando me los describía con las pupilas muy brillantes.

Le daba cierta seguridad contarme una y otra vez lo que ella calificaba como su «historia». Yo siempre escuchaba el relato como si fuera la primera vez. Eso le hacía feliz, y yo disfrutaba viendo la forma en que sus ojos resplandecían, sus labios esbozaban una sonrisa serena y todo su cuerpo irradiaba una energía singular. Casilda era la mujer de mi vida. Escucharla y sentir su felicidad me recordaba los versos de Pedro Salinas: «¡Qué alegría, vivir / sintiéndose vivido!».

Solía contarme ese recuerdo infantil en aquellas ocasiones que ella denominaba «momentos altos», esos instantes de intimidad que la embriagaban de tranquilidad, esos destellos de alegría. Tenían lugar inesperadamente, como, por ejemplo, un sábado por la mañana con la euforia del primer café, con la emoción antes de salir de viaje, con la saciedad después de hacer el amor o cuando cenábamos los dos solos y se había tomado la primera copa de vino. Solía decir que esa era la verdadera felicidad: tener regularmente ataques fugaces de placidez en compañía de alguien. Por suerte, ese alguien fui yo durante quince años. Mientras la escuchaba, pasaba la mano por su cabeza con cariño, mesando sus cabellos y complaciendo ese pequeño deseo suyo de ser el centro de atención. A las mujeres que se sienten queridas les gusta tender esas pequeñas trampas de cazadoras furtivas de sentimientos. Les gusta mantener su condición de mujeres fatales, pero sin hacer daño. Arrancar una caricia con una pequeña artimaña era también un «momento alto» para ella, y yo me dejaba enredar con gusto. Pero no sé quién disfrutaba más con este duelo, si ella o yo.

Su «historia» siempre comenzaba en su casa de Madrid, cuando no tenía más de ocho años. Se encontraba en su dormitorio, ubicado cerca de la cocina. Por la noche la mecían los «ires y venires» del ruido que hacían los platos de loza cuando golpeaban contra el lavadero, del sonido sordo de los tacones sobre las losetas del suelo o del murmullo de las conversaciones íntimas con las que las chicas de servicio se deleitaban en la cocina al final del día. Aguardaba a que los ruidos se fueran apagando con los ojos abiertos y las orejillas avezadas como si fuese un animalito asustado. Interpretaba todas las señales que su oído localizaba. Su pulso se aceleraba cuando, por fin, escuchaba el suspiro que la cocinera lanzaba todas las noches al terminar con la limpieza de los cacharros. Cuando los pasos de la misma se ahogaban al final del pasillo, se lanzaba a la famosa aventura nocturna. Su destino final era irremediablemente el despacho de su padre, para lo cual había de recorrer un largo trecho y cruzar toda la casa. Esta pequeña hazaña la acometía cuando tenía miedo o cuando por alguna razón era incapaz de dormir. A medida que avanzaba la noche y seguía pensando en lo que le esperaba en el despacho de su padre, le comenzaban a asaltar las dudas. ¿Seguiría allí? ¿Fijaría su mirada en ella? Su vestido era de seda, ¿verdad? ¿Pero qué color tenía?

Lo había observado en incontables ocasiones y solo con echarle un furtivo vistazo rememoraba hasta los detalles más sutiles del mismo. Pero por la noche dudaba. La cara del caballero que la esperaba en el despacho se difuminaba, sus ropas se confundían y los signos se entrelazaban incomprensiblemente. Se ponía nerviosa ante estas dudas, pero finalmente decidía armarse de valor y emprendía el recorrido hasta el despacho para encontrarse con él. Siempre admiré su valentía infantil, yo hubiera sido incapaz de abandonar el calor de mi cama en la mitad de la noche para llegar al otro extremo de una vieja casa con el fin de encontrarme con alguien misterioso.

El interés que generaba en el interior de Casilda era más fuerte que el miedo. Estaba tan unida a él que sus visitas nocturnas eran el único remedio para su ansiedad. La secuencia era siempre la misma. Se levantaba de la cama y se acercaba al umbral de la puerta. Calculaba el tiempo que le tomaría cruzar aquel larguísimo pasillo. Contaba los pasos que debía dar, repasaba mentalmente cómo iba a agarrar el picaporte y, finalmente, el modo en que rápidamente abriría la puerta que iluminaría parcialmente la noche con la luz de la ciudad. Esa luz sería su primer alivio. En el momento de abandonar su habitación se agarraría a la cruz que le colgaba del cuello y correría como una exhalación, casi sin pisar el suelo. Cuando me la explicaba, esta escena me inspiraba una ternura infinita, pues imaginaba a Casilda, tan solo una cría, en camisón en medio de la inmensa noche oscura, sus ojitos asustados pero despiertos y vivarachos, sus piececitos flotando en el aire y rozando el frío parqué, determinada a cumplir su misión. Tras cruzar la puerta del comedor, el resto era puro trámite hasta llegar al despacho. Su padre cerraba las puertas correderas todas las noches para conservar el calor en la sala. Cuando llegaba allí era ya presa del pánico. ¿Podría ser que él ya no estuviera? Esas dudas, por ridículas que le pudieran parecer a la luz del día, por la noche se tornaban en una carga que solo podía aliviar volviéndose a encontrar con el caballero cara a cara. Las puertas correbizas que daban acceso al despacho tenían un cristal cortado en trozos ovalados con los bordes opacos. De día se veía muy mal a través de ellos y solo servían para comprobar si el despacho se encontraba ocupado. Ella lo sabía y, pese a ello, la ansiedad la llevaba a pegar su carita a los cristales antes de abrir las puertas, pidiendo en su interior al niño Jesús que él siguiese allí. Pero las sombras de la noche impedían distinguir los perfiles de su contorno. A veces era incluso contraproducente porque su imaginación y la oscuridad le jugaban malas pasadas. Las puertas había que abrirlas con sigilo, metiendo sus pequeños dedos en el hueco y conteniendo la respiración, puesto que el despacho estaba al lado de la habitación de sus padres y ellos no debían despertarse. A tientas colocaba la silla de manera que pudiera subirse a ella para observarlo. Cerrando los ojos, apretaba el interruptor e inmediatamente un haz de luz surcaba la oscuridad hasta posarse en el cuadro. Ella clavaba los ojos en el caballero chino del cuadro y este siempre le devolvía la mirada cautivando su imaginación y tranquilizando su impaciencia. Noche tras noche, el caballero del cuadro estaba allí a la espera, leal, silencioso y cargado de misterio.

El cuadro había sido comprado en Egipto por su abuela hacía ya muchos años, a un anticuario de confianza. Sus abuelos habían sido embajadores de España destinados en El Cairo. Su afición por el arte oriental les había llevado a completar una magnífica colección compuesta por objetos de gran valor como porcelana, biombos finamente recargados de piedras preciosas, figuras de marfil o esculturas de ébano. El anticuario siempre atribuía la procedencia de las obras de arte al palacio del rey Faruq I, quien tras perder el trono tuvo que deshacerse de gran parte de su riqueza. Su abuela se había encariñado especialmente con el cuadro en una visita en la que compró, además, dos elegantes piezas de porcelana muy similares: un precioso bando de gansos salvajes alzando el vuelo, cada uno en secuencias distintas del mismo. El lienzo tenía en su parte inferior un misterioso texto en caracteres chinos que acompañaba la figura del distinguido caballero. El texto, según nos habían explicado, estaba escrito en «chino antiguo». La abuela de Casilda solía decir que, si lo pudiéramos traducir, se podría revelar la identidad del caballero, la historia de su vida y su misteriosa procedencia. Esta anécdota era lo que más atraía a Casilda del cuadro: ansiaba saber lo que decían esos misteriosos dibujos.

Su abuela había tenido el cuadro siempre en su dormitorio. De alguna manera, se sentía atraída por la misteriosa figura del caballero que aparecía retratado. Había transmitido a su querida nieta el magnetismo que le producía esa obra de arte. Las dos jugaban a sentarse delante del cuadro para imaginar por turnos las posibles historias del caballero. ¿En qué trabajaría? ¿Qué escabroso suceso habría marcado para siempre a su familia? ¿Qué aventuras habría corrido? ¿Qué grandes amores habría rodeado con sus brazos, escandalizando sin pudor a sus vecinos? El juego no consistía en saber, sino en imaginar.

Cuando fallecieron sus abuelos, el padre de Casilda heredó el cuadro y lo colocó en su despacho hasta que nos casamos, ocasión que aprovechó para regalárselo a su hija, pues había llegado a ser consciente de lo mucho que significaba para ella.

La historia de su fascinación ante la pintura en cuestión es de las primeras que me contó Casilda cuando empezamos a salir juntos. Enseguida me percaté de que lo nuestro era algo más que un rollo de universidad: ella había bajado la guardia y había abierto su corazón, volviéndose vulnerable. Yo me había dejado atrapar por el agujero negro que el verdadero amor representa cuando llama a tu puerta. Lo absorbe todo. Lo justifica todo.

Casilda estaba en mitad de sus estudios de Historia del Arte. Su sueño era escribir grandes libros ambientados en Oriente que estuvieran cargados de sapiencia adquirida in situ. Yo acababa de transferirme de la Facultad de Periodismo de Toledo a la de Madrid. La carrera de Periodismo bullía de jóvenes ansiosos de libertad tras la muerte de Franco. Con la consiguiente explosión de publicaciones y la emergencia de grandes periodistas estrella, dicha profesión evocaba sensaciones que ninguna otra carrera podía ofrecer. Las facultades de Historia del Arte y la de Periodismo estaban ubicadas en el mismo edificio, por lo que compartían el bar. Casilda era una estudiante de sobresaliente. Yo, en cambio, había hecho del bar el aula magna de la universidad, lo cual había conllevado desastrosas consecuencias académicas.

    La suerte y el destino nos hicieron coincidir en la cafetería de la universidad pública. Desde el primer día que la vi, me llamó poderosamente la atención. Preguntando discretamente, me mencionaron su nombre: Casilda Benavente. Cuando conseguí que un amigo común nos presentara sentí tener ese golpe de suerte del destino, esa fortuna que ocurre una vez en la vida. Era una mujer sencilla, pero inmensamente atractiva. Tenía ese magnetismo que no gusta de primeras a la inmensa mayoría de los chicos, pero que solo unos pocos elegidos sabemos valorar inmediatamente. Era delgada y alta, muy elegante pero al mismo tiempo discreta. Tenía una mirada inteligente y unos ojos negros, profundos y muy sugerentes. Afortunadamente, ella no me apabulló en nuestro primer encuentro. Al presentarnos, conseguí articular un esbozo de conversación bastante digno, aunque probablemente fue lo justo para no hacer el ridículo. Al cabo de varios encuentros buscados por mi parte en la noche madrileña y en la universidad, empezamos a salir. Creo que los dos nos enamoramos intensamente y a toda velocidad. No hubo lugar para el tonteo ni las apariencias. Nos hicimos amigos y confidentes, y sobre todo nos amamos con locura. Gracias a su influencia, empecé a asistir a clase y a disfrutar de mis estudios, los cuales de pronto me resultaban inesperadamente interesantes. Pese a todo, nunca dejé por completo de pasarme por el bar que tanta suerte me había proporcionado.

Tampoco abandoné los campeonatos de cartas, ni los juegos de naipes, ni los corrillos con los amigos: mi reputación no me lo podía permitir.

Casilda era muy especial. Tenía ideas y objetivos. Ninguno de mis amigos sabía lo que iba a hacer más allá de ese verano y nadie había pensado seriamente en su futuro profesional. Pero ella lo tenía claro. Su sueño era terminar la carrera y preparar su tesis, así como pasar una temporada en China estudiando arte, escribiendo y viajando de un punto a otro del país hasta conocerlo por completo. Pero yo creo que su verdadero propósito era el de conseguir traducir la escritura china que jalonaba el cuadro del caballero chino y por fin matar la curiosidad que carcomía sus entrañas. Casilda era una persona llena de ilusiones, pero con los pies en la tierra.

Sin embargo, nunca pudo llevar a cabo ese viaje ni desvelar el misterio del cuadro. Se quedó embarazada de nuestra hija María en el cuarto año de carrera. Nos casamos ese mismo verano. Sus padres y los míos nos ayudaron económicamente. Ella terminó la carrera y se dedicó a cuidar de María. Ocasionalmente escribía en revistas especializadas. Nuestra idea era que volviese a retomar sus ensueños orientales una vez que la niña hubiera crecido. Yo me dediqué a la docencia y, después de mucho esfuerzo, obtuve plaza como profesor titular en la universidad. Fue pasando el tiempo. Casilda nunca consiguió imprimir a su vida profesional el carácter y la fuerza que atesoraba en su interior. Sus sueños inspirados por el «chino del cuadro», como ella lo llamaba cariñosamente, nunca se materializaban. No obstante, no parecía desdichada por ello. Tenía la plena certeza de que había tiempo para todo.

Pero el tiempo, antojadiza criatura, no discurre igual para todos. Un cáncer fulminante se llevó a Casilda hace ocho años. A mí me dejó sin vida, encerrado en una cárcel de carne y con la cabeza llena de recuerdos que dolían como heridas infectadas. Su ausencia me vació hasta de mí mismo. Estuve a punto de consumirme y de desaparecer como un espíritu que por fin acepta su condición de no vivo.

Desde que la escuché por primera vez, siempre retumba en mi cabeza la letra de aquella canción de Amaral: *Sin ti no soy nada.*

CAPÍTULO III

—PAPÁ, DESPIERTA..., despierta...

Una voz dulce y suavemente familiar, acompañada de una mano tímida que acariciaba mi mejilla, me hizo abrir los ojos.

—Buenos días, María —dije con mi primer suspiro del día.

La luz clara de la primaveral mañana madrileña invadía la sala del despacho. Qué distinto se percibía todo a esas horas. Parecía que los demás objetos y cuadros volvían de un largo viaje para instalarse en la sala junto con el cuadro del caballero chino. Este, a la luz del día, parecía menos dinámico y real. Por la noche, con el ojo mágico dando vida a los colores y los perfiles del cuadro, se convertía en una estrella de cine proyectada sobre un lienzo.

—Papá, te has vuelto a dormir en el sofá delante

del puñetero chino —dijo María con un claro tono de enfado.

Me di cuenta de que estaba realmente preocupada. No era la primera vez que me sorprendía pernoctando allí. Es más, cada vez lo hacía con más frecuencia. Comenzaba a preferir dormir en compañía del cuadro, tan cálido en sus recuerdos y tan estimulante en mi imaginación, a meterme en las frías sábanas de la habitación de un viudo.

Últimamente, esa era mi forma de pensar en Casilda. Había aprendido a mirar al caballero como ella lo empezó a hacer al morir su abuela, intentando hallar en él el recuerdo de la persona querida. Al principio el caballero chino parecía apiadarse de mí con su mirada sincera y la placidez de su estampa. Sin embargo, desde la muerte de mi mujer sentí que le había cambiado la expresión y que ahora esta era de severidad. Parecía reprocharme el no haber dejado a Casilda perseguir sus sueños. Paradójicamente, al buscar en él un nexo con Casilda me había acostumbrado a observarlo, hecho que provocó que mi imaginación volase. Me había picado la curiosidad. Quería saber quién era él, qué hacía y por qué se había metido en nuestras vidas. Alguna vez pensé en descolgarlo de la pared y condenarlo al más total ostracismo, pero eso hubiera sido como guardar en un baúl del desván los años más felices de mi vida. Fue debido al amor que Casilda sentía por mí por lo que nunca fue a China para averiguar quién era ese hombre y traducir las inscripciones de su retrato. Nunca me lo recriminó porque pensaba que algún día conseguiría hacer ese viaje. Una vez más, me vino a la cabeza esa niña de piececitos suaves y larga melena oscura, con su pequeño camisón y sus ojillos decididos corriendo por un largo pasillo en busca de su encuentro con Oriente.

Estaba inmensamente triste.

—Lo sé, he estado trabajando hasta tarde —murmuré al tiempo que recogía los papeles en los que había estado escribiendo parte de la noche.

Mentía para no preocuparla, pero mi hija no era tonta. Desde la muerte de su madre había cuidado más de mí que yo de ella. Afortunadamente, de Casilda había heredado su determinación y valentía.

—Ya, otra vez lo mismo. Luego me dices que te duele la espalda. Venga, levántate, que vas a llegar tarde a tu primera clase —me dijo con el tono maternal que había aprendido o, más bien, que llevaba mucho tiempo desarrollado por instinto.

Creo que le gustaba hablarme así. Darme cálidas instrucciones.

—¡Dios mío! ¡Mis clases! Ayer entré en este despacho con la intención de preparar el maldito doctorado y he vuelto a quedarme en las nubes. ¡Demonios! —exclamé mientras me levantaba a toda prisa.

María me había aconsejado no aceptar responsabilidades por el momento, pero yo había creído que sería bueno mantenerme ocupado. El trabajo puede ser una buena terapia.

—En cuanto termines este curso a principios de junio te vas de vacaciones —me conminó mi hija—;

me da igual adónde vayas o quién te acompañe, pero esta vez te vas.

—No sé, María, eso es dentro de solo un par de semanas y me he comprometido a dar el curso de especialización en comunicación audiovisual que me pidió el rector.

—Papá, si no te vas, yo me voy a vivir con la tía, ya te lo he dicho mil veces. Quiero que sepas que esta vez voy en serio. Necesitas desconectar, irte a la playa o a hacer turismo. ¡Podrías apuntarte a un curso en Londres! Así matas dos pájaros de un tiro: por una parte, mejoras tú inglés y, por la otra, sales de tu caparazón.

—No sé... Es muy caro y, además, te dejaría sola todo el verano. No me gusta la idea.

—Papá, podrías vivir en casa del padrino Juan. Con tanto viaje de trabajo nunca está allí. Por cierto, que tengo el mejor padrino del mundo. No solo me llamó la semana pasada por mi cumpleaños, sino que además me envió un gran ramo de flores y un carísimo bolso de Prada. Precisamente me comentó que iba a pasar los próximos seis meses en Hong Kong. Ya sabes que le sale el dinero por las orejas y que nada lo hace más feliz que compartirlo todo con nosotros —dijo María con gran ilusión—. En todo caso, creo que es a mí a la que más le cuesta separarse de ti. El tío Juan, la tía Piluca y tú sois la única familia que tengo. Vamos, papá, solo será este verano. Yo me iré a la playa con la tía, así que de todas maneras no íbamos a estar juntos. Estoy segura de que el rector te permitirá ausentarte lo que haga falta. Ahora que tu ayudante ya lleva un curso entero a tu lado, no creo que le sea difícil manejar las primeras clases. Además, con las pintas de bohemio que tiene a buen seguro que los mantendrá entretenidos, sobre todo a ellas, al menos durante un par de meses.

Su voz era firme e imperativa. Ansiaba que me alejase por un tiempo de esa vida en la que todo estaba vinculado a Casilda.

—Además, si te encuentras con una inglesita buena y hacendosa que te mime la mitad de lo que yo lo hago, me doy con un canto en los dientes —dijo con una mezcla de cariño y picardía.

—María, ya sabes que esas bromas no me gustan. No he salido con ninguna mujer desde que falleció tu madre ni tengo ganas de pensar en hacerlo. Bromear con este tema me hace daño —dije con tono quejumbroso.

María ya conocía mi cantinela y esbozó una mueca de cansancio.

—Bueno, fuera de bromas, piénsatelo. Además, he investigado y puedes realizar la solicitud para estudiar en la Universidad de Periodismo Avanzado de Londres por Internet. Se puede pagar *online* y todo. Te he imprimido la información, la tienes sobre tu mesa. Estoy segura de que te admitirán —añadió sonriendo—. Los tipos geniales, extraños y excéntricos siempre están bien valorados en Inglaterra.

Típico de ella, como lo había sido de Casilda y de su abuela la embajadora. A María le gustaba controlar su entorno. Afortunadamente, físicamente no podía ser más distinta de Casilda. Eso me hacía sentirme muy cómodo a su lado. Pese a que su existencia significaba el fruto de nuestra unión, no era una réplica de su madre. Como padre me disgustaba pensarlo, pero su físico era más exuberante, más sensual que el de mi mujer. En su pelo castaño y en su boca grande se parecía a mí, pero con los rasgos suavizados. Eso sí, los ojos, esos ojazos, eran los de Casilda. Vivos y con una mirada directa y penetrante, aguantaban las miradas de los demás con un brillo impertérrito. Me hacía gracia ver cómo los jóvenes que venían a buscarla a casa para salir hacían toda clase de esfuerzos para evitar mirarla durante mucho tiempo por miedo a encontrarse con el escrutinio de sus pupilas.

—Me voy al trabajo, María... Por cierto, ¿comes en casa?

Pero María ya había abandonado el despacho. Me dirigí al cuarto de baño y en menos de quince minutos salía de casa rumbo a la universidad.

Era una típica mañana de Madrid con el cielo azul, el brillo de un sol recién levantado y esa luz clara que hace que todo parezca mejor y que nos convierte a los habitantes de esta ciudad en unos privilegiados sean cuales fueren nuestras penurias. Recibir la singular luz madrileña en la cara al salir de casa es un regalo incomparable. Te hace feliz durante un buen rato. Es un momento «alto».

Camino del garaje me fui encontrando con la gente de siempre. Personas que no conozco pero a las que he visto crecer, envejecer y, me imagino, que morir, porque a alguno lo echo ya en falta. Me he inventado apodos para todos ellos. Cada mañana les hago un repaso y comento conmigo mismo las novedades del día. ¿Será eso lo que llaman «cotillear»? Si es así, me declaro culpable. ¡Qué mala cara tiene «el piernas»! ¡La vecina se ha puesto un par de tetas! ¡Cómo es de gracioso el hijo «del mofeta»!...

En fin, hoy le tocaba el turno a la vecina. La verdad es que desde que se había colocado un par de melones parecía otra persona. Había ganado en autoestima, se la veía pletórica. Ella misma se las miraba de reojo cada vez que podía encontrar un cómplice reflejo. Había cambiado hasta su forma de vestir. Esas faldas cortas le iban muy bien. Estaba seguro de que pronto la vería salir de su casa acompañada.

Me gustaba descubrir que la gente podía ser feliz con cosas como esas. Pese a mi aferramiento a la pena, ansiaba sentir de otra manera a través de los demás. No era envidioso. Me ponía contento que María aún tuviera la capacidad de disfrutar de la vida y de sorprenderse con cosas que los demás dábamos por sentadas. Pensaba en eso que dicen de que el saber no ocupa lugar y no estaba de acuerdo. Saber nos condiciona. La experiencia nos tiene programados. La sorpresa es una de las mayores sensaciones y yo ya no me sorprendía por casi nada. La única capacidad de sorpresa que parece que nos queda a los mayores es la de enamorarse. Suena poco comprensivo, pero ver a un adulto enamorado y comportándose como un crío me resultaba patético. Sobre todo si él era mucho mayor que ella. Me causaba una impresión lamentable ver a un hombre mayor besarse, hacer carantoñas a alguien en plena calle, juguetear con una chica joven, perder el sentido del ridículo o peinarse o vestirse de una manera diferente. Estaba seguro de que lo que esos caballeros estaban experimentando era bueno para la salud, pero no podía evitar pensar en lo que tenía de instinto. Jamás se verá a un empresario, abogado de renombre, poeta o empleado ejemplar hacer el ridículo si no es bajo los efectos del alcohol en una noche loca junto a un grupo íntimo de amigos. Ahora bien, si están enamorados, dicho ridículo está asegurado pese a que sean completamente abstemios. Y lo peor es que ellos lo saben, pero el instinto animal, la pequeña cabeza sin cerebro, es más fuerte. ¿No fue Woody Allen quien dijo eso de que «Dios nos otorgó a los hombres dos *cabezas*, pero, por desgracia, tan solo nos dio capacidad de bombear sangre a una de ellas cada vez»? Pues no podía tener más razón. Cuando la cabeza más básica se riega en abundancia, el riego sanguíneo en dirección al cerebro se paraliza, y las consecuencias son difíciles de prever...

Dejando a un lado la infantilidad del adulto enamorado, la alegría de los demás no solo la disfrutaba cuando la veía en mi hija, lo cual podría ser normal, sino que lo hacía con todos los que me rodeaban. Incluso en clase, donde anteriormente había sido un profesor estricto y riguroso a la hora de examinar, me descubría pensando en la cara que pondría López si le pasaba del 4,75 al 5, por ejemplo. Tenía la capacidad de alegrarle el día. Lo mismo me pasaba con la vecina. ¡Si los melones la hacían feliz, a mí también!

Al llegar a la universidad me encerré en mi despacho. En vez de lanzarme a preparar la clase me di el placer de seguir hablando conmigo mismo. La verdad, las clases me las sabía de memoria, y si no, ya hilaría algo interesante. Recursos no me faltaban.

Lo cierto es que la idea de pasar una temporada fuera de casa comenzaba a resultarme atractiva. María había dado en el clavo. En cuanto a ella, seguro que mi viaje le vendría bien. Así no tendría que estar pendiente de mí. Últimamente mi melancolía era agónica. Era un mal paciente. No quería curarme de mi pena. Creo que a veces disfrutaba con mi sufrimiento, pues sentía que así le demostraba a Casilda que sin ella no era nadie. Había cogido la costumbre de escuchar música, algo que había dejado de hacer hacía muchos años. Rescaté mi colección de discos y recuperé aquellos LP más tristes, lúgubres y nostálgicos. La verdad es que Casilda y yo nunca habíamos escuchado música juntos. No era una afición que compartiéramos más allá de algún concierto simbólico, como aquel de U2 en el Bernabeu, Bob Dylan en el Palacio de los Deportes o ese que dio Nacha Pop cuando se despidió de los escenarios. Ahora, en cambio, no podía dejar de escuchar canciones como *La chica de ayer*, de este último grupo, pues me recordaban a ella y hacían que me regodease en mi soledad. Se trataba de una soledad combatiente. No me comportaba como una piltrafa, no me iba quejando por las esquinas a quien no tuviera más remedio que escucharme, sino que creía que la pena se curaba llorando solo y eso era lo que hacía.

Pensé que pasar una temporada en Londres ese verano, en aquel campus lleno de almas y rostros extraños, me obligaría a esforzarme por volver a ser una persona sociable. No es que me hubiera convertido en un estúpido introvertido, sino que hacía lo posible por evitar a la gente con la que no me apetecía estar. Y la verdad es que eso incluía a muchos allegados. Pensé que podría incluso poner a punto mi interés por las mujeres, algo que contra todo pronóstico estaba siendo un proceso muy lento. Con el tiempo me fui dando cuenta de que mi matrimonio con Casilda había convertido la sexualidad en algo muy íntimo y personal. La verdad es que la promiscuidad o el sexo por el sexo me daba un poco de repelús. Hacer el amor con mi esposa había sido un acto de delicioso cariño que al mismo tiempo podría describir como juguetón y pícaro. Como el buen vino, nuestra vida sexual había mejorado con el tiempo hasta llegar a un nivel que me hacía sentirme plenamente satisfecho. Recuerdo que cuando leía las secciones de sexología de las revistas encontraba verdaderamente extraño los problemas que tenían los demás. Cuando hablaba con mis amigos de sus experiencias matrimoniales solía quedarme boquiabierto. No sé si ellos me intentaban consolar devaluando en parte su vida de casados, pero me sorprendió mucho ver que lo que yo había tenido se podía describir como algo especial. Y estoy convencido de que no lo estaba idealizando a causa de la abstinencia o la pena.

No niego que en clase no hubiese, por poner un ejemplo, algunas estudiantes por las que inconscientemente mostrara un interés especial sin darme cuenta. A veces me sorprendía a mí mismo observándolas con algo parecido al deseo. Sin embargo, estaba lejos de querer verme envuelto en una situación comprometida, y menos con una alumna.

Por otro lado, mi hija María era para mí algo sagrado. No me veía capaz de combinar mi amor paternal por ella con el cariño por otra mujer. ¿Adónde llevaría a una amante? ¿Cómo me comportaría con otra mujer que no fuera su madre delante de ella? Además, estaba seguro de que eso de ligar se me habría olvidado. Yo era un tío bastante presentable, sí. Quizás algo desgarbado y poco aplicado en mi manera de vestir y en aquellos detalles que hacen que un hombre sea elegante. El interés y esfuerzo que había que invertir en comprarse ropa y conseguir el *look* adecuado me daban demasiada pereza. En ocasiones, mis amigos me sacaban a cenar y a tomar unas copas con el fin de animarme, pero solo conseguían deprimirme aún más. Me veía desplazado en la noche madrileña, alrededor de jóvenes que claramente eran ya de otra generación, con otras maneras y otros gustos. No sabía qué decir a las mujeres, por lo que me consolaba pensando para mí que, si alguna vez me gustaba alguien de verdad, el instinto me devolvería mis facultades para hacerle la corte. Aunque, en realidad, no estaba muy convencido de ello. Además, por lo que tenía entendido por los amigos que aún vagaban por los garitos nocturnos, las tías de ahora no tenían nada que ver con las de mi época. En mis tiempos, las reglas eran bastante claras. Tú eras el hombre, tú te encargabas de todo. Algunas chicas se te daban bien y otras mal, pero no había sorpresas. Así de simple. Ellas, siempre al mando aunque no lo pareciera, eran más sutiles a la hora de ponerse a tiro. Ahora, por lo visto, tomaban la iniciativa, eran más promiscuas y no tenían prejuicios. Eso, en principio, no me parecía ni mal ni bien, solo diferente. La verdad es que me daba algo de miedo. Para mí, no había mujer como Casilda. Ella no había necesitado de la promiscuidad para ser independiente, moderna o para valorarse más. Mi añorada mujer consideraba que el sexo era fruto del amor y del cariño, y no una acción puramente animal. Por todas estas cosas, la vuelta al ruedo se me antojaba realmente complicada. Creo que mi estado de desorden sentimental era demasiado transparente y honesto. Abrirme a alguna mujer hubiera sido invitarla a entrar directamente a la herida abierta que Casilda mantenía en mi corazón. Si alguien llegaba hasta allí y no valoraba el sufrimiento que cargaba a mis espaldas, hubiera sido como soltar al lobo en el corral de las gallinas. Harto difícil reparar tamaña humillación, tamaño dolor. Me veía como si yo fuera un adolescente, dando pasos titubeantes en las relaciones emocionales.

Estaba tan inmerso en el acto de remover mi baúl sentimental que decidí que lo mejor sería que mi ayudante impartiera ese día las clases. No era mi estilo, pero por qué no. El hervor optimista que me habían brindado Madrid y su luz se había ido desvaneciendo amargamente. Quizá sí que debía hacer ese condenado viaje.

CAPÍTULO IV

—EL COMANDANTE GONZÁLEZ y su tripulación desean agradecerles que hayan elegido nuestra compañía para el trayecto con destino al aeropuerto de Gatwick en Londres. Lamentamos el retraso de tres horas ocurrido por causas técnicas y agradecemos su paciencia y comprensión... —dijo una voz metálica, falsa y cansada a través del servicio de megafonía del Airbus 320.

Ni yo mismo me lo podía creer, pero me encontraba rumbo a Londres. Finalmente, María había vencido mi resistencia.

En el avión, mi mente se puso a trabajar como siempre que no tenía nada que hacer. Me vino a la cabeza lo vergonzosamente mala que es la atención que recibimos de las líneas aéreas. Se trata del único servicio al público en el que siempre se decepciona al consumidor. «Agradecemos su paciencia y comprensión»... Al oír estas frases vacías me entraban ganas de levantarme y dirigirme con paso firme hacia el jefe de cabina para explicarle, lo menos amablemente posible, la paciencia y comprensión que la situación generaba en mi interior. Lamentablemente, la odisea no había hecho más que empezar.

Me encontraba sentado junto a la ventana. A mi lado, en el asiento de en medio, un ejecutivo de aspecto anglosajón se abrochaba el cinturón con cara de pocos amigos. Al parecer, nuestro amigo había sido víctima de un *overbooking* en primera clase, por lo que le habían dado un asiento en la turista. Al llegar a su sitio había terminado por explotar al percatarse de que el único hueco disponible en el avión era el asiento «B», emparedado entre dos personas. El muchacho pesaba unos 120 kilos y medía alrededor de dos metros. De una corpulencia violenta, sus músculos se marcaban incluso a través de su traje de chaqueta industrial pero bien cortado, estilo *Brooks Brothers*. Su cuello parecía el de un toro bravo enfurecido. En una chepita al final del mismo se juntaba el cuello —poblado de venas que se le marcaban mientras discutía con la azafata— con los hombros. Para colmo, era muy temprano, y el sueño siempre agrava las situaciones que ya de por sí son desagradables.

Durante el primer período del vuelo no crucé una sola palabra con él, ya que se hallaba embebido en la lectura de unos informes bancarios. Tampoco es que yo quisiera entablar conversación, pero ante su gran cabreo inicial le mostré mi solidaridad con un comentario comprensivo ante el cual me miró de soslayo, sin decir esta boca es mía. A la hora del desayuno, el bulldog en cuestión tuvo la suerte de que le sirvieran el menú de primera clase pese a encontrarse en otra parte del avión. Permaneció inmerso en su informe mientras comenzaba a atacar sus huevos revueltos con salchichas, beicon y salsa de tomate, su zumo de naranja, el café y los panecillos que tenía delante. Por mi parte, tan solo pedí un café con leche que la azafata me sirvió acercándome una pequeña bandejita justo por encima de donde estaba sentado mi compañero de viaje. Todavía me estremezco al recordar lo que sucedió después. Cuando alargué las manos para coger la taza, mis dedos decidieron ceder antes de llegar a tenerla segura entre mis manos, probablemente como acto reflejo ante el contacto con el café hirviendo. Mi compañero de viaje se percató de lo que estaba a punto de suceder y de que su entrepierna era el destino inevitable del humeante líquido negro. Su reacción inmediata no hizo más que acrecentar el desastre. Se revolvió en su asiento, lanzando un zarpazo felino hacia la taza voladora, y de paso golpeando también su bandeja para elevarla unos veinte centímetros en el aire. El fotograma fue espeluznante. La estampa componía un precioso bodegón modernista, aéreo y etéreo, donde a diferentes niveles sobre el suelo del avión se encontraban simultáneamente los siguientes objetos, cada uno oscilando con su propia dinámica: una taza de café, el café (fuera de la taza, obviamente), unos huevos revueltos, un par de salchichas, un pedazo de beicon acompañado por unos champiñones en salsa de tomate, un par de tomatillos al horno, un pan con mantequilla (la parte untada, como no puede ser de otra manera, boca abajo), un zumo de naranja (la mitad en el vaso y la otra fuera de él), una magnífica ensalada de frutas con kiwi, naranja, pomelo y uvas (francamente apetecible), los cubiertos y los botes de sal y pimienta.

Dicho bodegón aéreo aterrizó al completo sobre mi compañero, en una zona delimitada entre su pecho y su muslo. Por todo el avión se escuchó el rugido del ejecutivo anglosajón y su sencilla exclamación:

—*Oh, shit!*

Mis labios no conseguían entrelazar las palabras adecuadas y solo repetían unos tímidos «*I'm so sorry*» que daban pena.

Tras este desagradable incidente, estuve suspendido en un limbo mental. Finalmente llegamos al aeropuerto de Gatwick. Hasta alcanzar la casa de mi amigo Juan aún me esperaba la odisea de salir del avión, atravesar el *finger*, recorrer un sinfín de terminales, recoger las maletas, montarme en el tren expreso que me dejaría en la estación londinense de Victoria, tomar allí el metro y, a la salida, caminar un buen rato. Ni qué decir tiene que estaba agotado.

Por fortuna, la casa de mi amigo Juan era un oasis de lujo. Éramos amigos de toda la vida, desde que estábamos en el jardín de infancia. Incluso íbamos juntos cada mañana en su flamante Golf GTI —la envidia de todos los chavales— a la universidad, él a su facultad de Económicas y Empresariales, y yo a la mía. Juan provenía de una familia adinerada, pero siempre fue un tipo trabajador. Sacaba muy buenas notas y hablaba varios idiomas. Tenía un carácter abierto y simpático, lo cual junto con su inteligencia innata le convertía en un fantástico relaciones públicas. Esta combinación de atributos llamaron pronto la atención de los cazatalentos de los grandes bancos de inversión norteamericanos con sede europea en Londres.

Nada más terminar la universidad tenía ya varias ofertas de trabajo en bancos de los que yo no había oído hablar jamás. Todas estas centenarias instituciones financieras portaban los nombres de sus ilustres e inteligentes fundadores de origen judío. Bromeábamos diciéndole que le habían contratado para contar los billetes de las cajas fuertes, y que no vería la luz del sol nunca. Nos burlábamos de él constantemente, ya que de judío no tenía más que su profunda admiración por los israelíes y el haberse comprado el disco de *A-ba-ni-bi* cuando Israel ganó el concurso de Eurovisión a finales de los años setenta. Pensábamos que nunca triunfaría en un mundo tan lejano del provincialismo madrileño. Lo tratábamos con cierto desprecio cariñoso porque interpretábamos como fanfarronadas el futuro que él creía que le esperaba. Juan nos seguía la broma y nunca lo vimos enfadarse. Al final del último año de universidad desapareció para unirse a un banco que tenía un programa de aprendizaje intensivo en Nueva York. El día que se fue de verdad para allá, en primera clase, con un sueldo que multiplicaba por diez el del mejor pagado del resto de sus compañeros de universidad y una tarjeta de crédito American Express sin límite establecido, se terminaron las bromas. En pocos años, Juan era vicepresidente del departamento de fusiones y adquisiciones internacionales de un lustroso banco de inversión.

Su exitosa carrera en esta institución financiera lo había conducido a dirigir un área de negocio y a convertirse en una de las estrellas del mismo. Por esa razón le acababan de ofrecer ser el máximo responsable de la oficina de Hong Kong, que se hallaba en pleno crecimiento y necesitaba a un hombre «de la casa». Así que su residencia en Londres había quedado vacía y a él le entusiasmó la idea de que yo se la cuidara durante unos meses. Me aseguró que nos veríamos fugaz, pero regularmente, ya que él vendría a Londres muy a menudo por trabajo.

En estos años de separación, solo lo veía en los pocos días que decidía pasar en España cada verano, pues siempre habíamos pospuesto nuestro viaje a Londres: primero porque la niña era muy pequeña, después porque andábamos ahorrando, más adelante debido a que Casilda me arrastraba a lugares más espirituales para ver un montón de piedras... El resto del año nos comunicábamos por *e-mail* y por teléfono.

De modo que por fin me encontraba delante del número 16 de Chadwick Gardens. Se trataba de una magnífica casa de dos plantas, con unas macetas delante de la entrada y un pasillito a cada lado que desembocaban en un encantador jardín trasero. Junto a la puerta de entrada había un pequeño hueco para un coche ocupado por un vehículo. Pese a estar cubierto por una lona, los servofrenos rojos que se asomaban por debajo de esta delataban que se trataba de un Porsche Turbo. Desde la calle se veían los grandes ventanales de la planta baja. Esto era una de las cosas que más me sorprendían de Londres, la accesibilidad a la vida privada de los ricos. Las grandes salas y salones están en la planta baja, con grandes ventanas sin rejas. Uno puede pasearse por las aceras, convivir un rato con cada familia y opinar sobre la decoración. La casa de Juan, de color blanco en el exterior y estilo victoriano, dejaba entrever desde fuera un lujo minimalista en su interior. A través de la ventana se veía un gran Mao Tse-tung de varios colores, claramente un Andy Warhol de los más llamativos.

La emoción por las experiencias desconocidas que me aguardaban reemplazó al mal humor que me había producido el largo viaje, así como a la añoranza que sentía por mi hija. Me sentía como un adolescente o como alguien que había recibido el encargo de cuidar la casa de Julio Iglesias en Miami. En esa Disneylandia para adultos tenía a mi alcance un sinfín de juguetitos que disfrutar.

Extraje de mi bolsillo las llaves que mi amigo me había mandado por mensajero a Madrid y abrí la puerta con una gran sonrisa en los labios, saboreando el momento anterior a la sorpresa. Lo primero que me llamó la atención fue el interruptor de la luz, el cual contaba con diferentes programas dependiendo de los ánimos o de los planes del propietario. Pulsé el primero de ellos, marcado como «Ambiente», y varias zonas de la casa se iluminaron poco a poco trazando así un sendero de luz que la recorría entera.

La planta baja era tipo *loft*, completamente abierta y sin muros. Las paredes de un blanco cálido envolvente y el suelo de madera de teca oscura lo imprimían todo con cierto toque de museo. Desde la entrada se podía ver toda la primera planta, así como el patio. Este gran espacio abierto dibujaba dos áreas muy determinadas. Una, la del salón, con un par de sofás bajos de líneas depuradas en tonos cálidos en el centro, y un diván de Le Corbusier en piel de potro en torno a una mesa alargada junto a una escultura de Paul Klee. La otra, al lado y a la derecha, donde una gran mesa de comedor para doce comensales daba paso a una amplia cocina americana de colores metálicos.

A la izquierda estaba la chimenea. La enorme fotografía en blanco y negro, obra de Helmut Newton, que había sobre esta me dejó de piedra. En ella se podía ver a una chica desnuda sentada sobre una silla con las piernas cruzadas, a la que otra mujer que estaba de pie tras la primera mesaba los cabellos. De esta última, solo se veían las manos y el pubis que se encontraba a la altura de la cabeza de la belleza sentada. Me di cuenta de que iba a ser incapaz de estar cómodo del todo en compañía de semejante pareja. Sabía que iba a sentirme espiado por los ojos de la modelo y, sobre todo, por ese pubis rasurado y marcial. El estilo de Helmut

Newton tiene un toque sado-militar. Cueros, gorras y demás. La mirada de la modelo era amenazante y sugerente. El pubis parecía un gran ojo que todo lo veía y dominaba el salón. Me costaba aceptar la idea de que un pubis «sado» iba a ser mi gran compañero de casa. Llegué a la conclusión de que tenía que concederle afecto, como si se tratase de un animalito de compañía al que se puede hablar y mimar. Inspirándome en *1984*, el famoso libro de Orwell, pensé en llamarle «Big Brother», pero me venía todo el rato a la cabeza cierto programa de la telebasura, por lo que me incliné por otro apodo más simpático. Me acordé del perrito de mi madre, un magnífico Yorkshire Terrier. Aunque insignificante por su tamaño, el carismático *Pascualín*, enseguida bautizó con mote cariñoso a mi compañero de piso. Desde ese momento, *Pascualín* y yo decidimos compartir casa en Chelsea y ser grandes amigos. No sé por qué los hombres, en nuestro vocabulario particular, tendemos a apelar a la fauna animal para hablar de esa parte del cuerpo femenino. En todo caso, el perrito de mi madre, con esos pelillos cortos y puntiagudos, ese andar grácil y ágil, y con esa mala leche característica, se ganó el honor de compartir nombre con mi compañero de casa. Probablemente, si mi madre se hubiese enterado, no le habría hecho tanta gracia.

Al fondo se encontraba el ventanal que daba al pequeño pero elegante jardincito inglés. La planta no tenía más de ochenta metros cuadrados. Tras la cocina, se veía una escalera metálica que daba acceso a la planta superior.

En esta había dos salas: una era el dormitorio, que contaba con una inmensa cama baja tipo japonés. Las paredes estaban adornadas con fotografías en blanco y negro que mostraban las manos entrelazadas de multitud de personas de diferentes edades y sexos. El cuarto de baño me proporcionó otra bocanada de satisfacción. Era de piedra pómez negra, con una inmensa ducha rematada con una regadera de proporciones desmesuradas junto a la cual había un pequeño banquito de teca para sentarse. El sueño de cualquier hombre. A su lado había un pequeño jacuzzi seguido de dos lavabos de diseño. Tras el cuarto de baño se encontraba el vestidor en madera noble, con decenas de cajones repletos de todo tipo de ropa y complementos. La segunda sala era la de la televisión, de plasma y plana, con sistema de cine en casa y una mesa tipo arquitecto sobre la cual había un ordenador y una impresora.

Una vez visitada toda la casa volví a la habitación. Encima de la almohada encontré un pequeño sobre con el logotipo del banco en el que trabajaba Juan, y con mi nombre escrito en tinta azul. Abrí la carta y leí con atención:

Querido Alberto,
¡Bienvenido a casa! Espero que todo sea de tu agrado y que disfrutes de tu estancia. Todos los días viene una chica a limpiar. Ella tiene sus llaves y no tienes que pagarle. En el patio encontrarás mi bici, con la que puedes ir de un lado a otro sin tener que aparcar.

No sabes la ilusión que me hace poder acogerte en casa, aunque yo no esté. Por favor, disfrútala y siéntete como si estuvieras en la tuya.

Un fuerte abrazo,

Juan

Juanito me enterneció. Desde que Casilda había muerto hacía todo lo posible por animarme, aunque hasta entonces no hubiera tenido éxito. Yo no permitía que me llevase con él en carísimas vacaciones ni aprovechaba sus visitas a España en verano para hacer vida de colegas. Me negaba a separarme de María por más de un par de días. No quería enfrentarme a la vida normal de un adulto sin pareja y con una enorme tristeza. Cuidar de María y la rutina que rodea una relación padre-hija eran una buena coartada para evitar dar pasos hacia delante. Juan me llamaba regularmente o me mandaba un *e-mail* con un chiste o alguna guarrería de esas que circulan por Internet. Ahora era su oportunidad de darme algo que yo necesitaba, aunque él no estuviera físicamente. Era la primera vez desde que murió Casilda que yo estaba solo sin María, con tiempo por delante y el reto de recomponer mi vida.

Dejé mis trastos en el cuarto de dormir, y antes de terminar de satisfacer mi curiosidad por investigar el resto de la casa y disfrutar de las instalaciones me senté en la cama. Lo primero que hice fue sacar de mi mochila el sobre marrón que contenía las fotos que le había realizado hacía tiempo al «chino del cuadro».

Extraje las fotos del sobre y las observé con detenimiento. En la primera, Casilda aparecía sonriendo junto a la figura del caballero, posando al lado del cuadro para dar una idea del tamaño del mismo. La siguiente foto era una ampliación del texto en chino antiguo que lo acompañaba. Al ver los pictogramas recordé lo interesante y complejo que es el milenario sistema de escritura chino, el cual al ser mixto se compone tanto de ideogramas como de elementos fonéticos. Además, se escribe de arriba a abajo, comenzando por la derecha. La complejidad de esta forma de escritura dio pie a una interpretación artística de la misma. En Extremo Oriente, la caligrafía se convirtió en una forma de que los artistas expresasen sentimientos. En China, la mayoría de los poetas y pintores consumados eran sobre todo calígrafos. El instrumental para ejercer cualquier expresión artística —en prosa, en verso o sobre un lienzo— era el mismo: pincel y tinta.

Al pensar en todo esto se me puso la carne de gallina. Casilda y yo habíamos leído tantas cosas sobre escritura china... Ella ansiaba traducir el texto de ese caballero que, según sus palabras, era «como de la familia», para saber así quién era realmente. En la actualidad, la cosa era más fácil, pues la era de Internet solo requiere de tiempo y dinero para conseguir cualquier cosa. Ya no sería el juego que deleitaba a Casilda de niña cuando intentaba adivinar el presente y el pasado de los desconocidos. Tampoco ocurriría como en nuestros primeros años de casados, cuando buscábamos desesperados a un traductor y siempre nos dábamos de bruces con la misma respuesta: se trataba de un dialecto chino muy antiguo y que su traducción era prácticamente imposible.

Quizás encontrase en ese viaje la energía para buscar la clave de esos misteriosos caracteres. En el Centro de Estudios Avanzados de Periodismo podría localizar a un experto, enseñarle las fotos y, quién sabe, tal vez no sería tan difícil dar con la traducción. Así podría cerrar esa página de mi vida y satisfacer el anhelo que había sentido Casilda. Estaba seguro de que solo encontraría el valor para hacerlo cuando fuera capaz de enfrentarme a mi pasado. María era ya una mujer, no necesitaba que revolotease a su alrededor. Debía dejarla volar. Sabía que mi estado de ánimo era una continua celda para ella. Mi encierro emocional era el suyo también. Me quería y me veía sufrir. No me dejaría solo hasta que no estuviese segura de que yo había salido del hoyo. Decidí que traducir el texto me liberaría, que nos liberaría a los dos.

Saqué el pijama de mi maleta y —sin deshacerla ni lavarme los dientes— me metí en la cama. Me deslicé entre las sábanas con ganas de olvidar. Era un adicto a mi pena, un adicto al recuerdo de Casilda y, como tal, todas las noches retomaba mi adicción. Cerré los ojos, para dejarme caer suavemente en mi trampa. Me dejé llevar sabiendo que me iba a enfrentar a un repaso de mis miserias en una instantánea.

Sin embargo, para mi sorpresa, aquella noche mi último pensamiento fue surrealista. Se lo dediqué a *Pascualín*, el pubis de la foto que Juan tenía en la planta baja. Me sentía vigilado por él, pero al mismo tiempo me encontraba protegido, como si de un perro guardián se tratase. Con la cara sobre la almohada, esbocé una sonrisa adormilada. Quizás algo estaba empezando a transformarse en mi interior.

CAPÍTULO V

EL TINTINEO DE UNOS CACHARROS de cocina se coló por mi habitación y me rescató de un pesado sueño. Por primera vez en mucho tiempo había dormido a pierna suelta y me sentía descansado. Todas las cocinas del mundo suenan igual, pensé. Olía a café recién hecho, lo cual despertó mis sentidos. No había cenado nada la noche anterior y el rugido de mis tripas apartó las sombras de sueño que aún anidaban en mi mente. La luz del sol entraba en la habitación como si de un caballo desbocado se tratase, ahuyentando cualquier amago de sombra. Las finas cortinas blancas de la ventana no daban tregua, aunque estuviéramos en Londres. Estos ingleses, dije para mí, mira que no utilizar persianas…

De repente recordé que se suponía que no había nadie en la casa, pues Juan estaba en Hong Kong. Salí apresuradamente de la cama. Por un momento sentí miedo, pues hasta que mi mente no recobró toda su lucidez no conseguí caer en la cuenta de que con toda probabilidad se trataba de la señora de la limpieza. Vaya chollo, aquí hasta te preparaban el desayuno, ¡menuda vida de lujo que llevaba Juan, y parecía tonto!

Saqué de la maleta unos vaqueros y una camisa blanca, mi uniforme desde hacía años. No me gustaba complicarme la vida y, además, el blanco de la camisa me levantaba la moral. El blanco es frío y radiante, limpio y positivo. Era una manía que tenía desde mi época de estudiante. A Casilda siempre le había llamado la atención y muchas veces se metía conmigo en plan de broma por vestir siempre igual.

Las escaleras estaban iluminadas por unos grandes ventanales sin cortinas que mostraban el panorama del parque a esas horas de la mañana. Algo aturdido, me paré a observar a través de los cristales. Los parques dicen mucho de sus moradores, de sus costumbres y de sus manías. Son foros internacionales que acogen todo tipo de actividades y reuniones. Desde la barandilla de la escalera se veían, ya a esas escasas horas de la mañana, hermosas mujeres perfectamente vestidas y ornamentadas con bolsos de diseño que acompañaban a sus hijos al colegio. Todos los críos llevaban uniforme. Las sucursales bancarias empezaban a cobrar vida. Sus empleados abrían los cerrojos mientras sostenían con la boca y con la otra mano cafés *take away* y bollos. Ninguno parecía disfrutar del momento.

Bajé las escaleras tímidamente, esperando descubrir tras algún rincón la estampa de la chica de la limpieza. Tenía preparadas en la cabeza las típicas frases de cortesía británica: «*Good morning, I am Juan's friend and I am staying here for a couple of months*». Anticipé en mi cabeza que ella también se presentaría y preparé mi respuesta: «*Nice to meet you*». Imaginé que luego me preguntaría lo que me apetecía desayunar, a lo que respondería: «*Coffee and toasts, please*».

Lleno de seguridad en mí mismo continué avanzando por la casa. La verdad es que los idiomas siempre se me habían dado bien, sobre todo el inglés. Ello se debía en parte a que en el Madrid de los años ochenta había dedicado gran parte de mis juveniles noches de discoteca a intentar ligarme a las estadounidenses que ansiaban conocer a un verdadero *Latin lover*. Yo, la verdad, pinta de latino tenía poca y, como amante, sobre todo en esa época, era algo patoso. Pero el caso es que ellas habían sido mis profesoras en el perfeccionamiento de la lengua de Shakespeare.

Al pasar por el salón, saludé protocolariamente a *Pascualín*, inclinando la cabeza mientras lo miraba de reojo. Le di los buenos días con simpatía. Me hacía gracia mostrarle un ceremonioso respeto a *Pascualín*, como si representase a alguna deidad, símbolo del sexo femenino. Pensé en ponerle alguna velita, como si fuera un templo sintoísta. Esa idea me hizo sonreír de nuevo. Era irónico que yo hubiera elevado a los altares a un magnífico pubis alemán. Si Freud levantara la cabeza, llegaría a la conclusión de que, tras la muerte de Casilda, el sexo femenino se había convertido en una especie de deidad tabú para mí. Tantos años sin sexo, evitando pensar en este, erradicándolo de mi vida por motivos sentimentales, habían conseguido el efecto contrario. Se había convertido en un enorme monstruo que podía devorarme de un momento a otro. Sabía que era una fuerza de difícil contención que estaba encarcelada en mi interior. Era un preso olvidado, pero muy peligroso. Estos pensamientos me devolvieron al pasado fugazmente, sembrando de pena mi estado de ánimo. Pero, de pronto, se me pasó por la cabeza la imagen de *Pascualín*, devorándome la cabeza, como una especie de almeja asesina, lo cual me hizo soltar una carcajada algo lunática. Hoy, definitivamente, no iba a ser uno de esos días en los que yo pululaba por el mundo cabizbajo.

De repente pensé otra vez en la señora de la limpieza. ¿Qué pensaría ella de *Pascualín*? Es probable que opinara que su jefe era un depravado. ¡A quién se le ocurría colgar algo así en el salón! De todas formas, estas mujeres no tenían tiempo para ponerse a pensar en lo que constituía una obra de arte y lo que no. Su vida no se detenía ni un momento. Tal y como me había contado Juan, esas mujeres se levantan a las cinco de la mañana para llegar en tren a Londres desde un suburbio alejado, un gueto de inmigrantes, *hooligans* y *skinheads*. En fin, la Inglaterra del siglo XXI, tan alejada de la típica estampa victoriana. Tras una hora y media de tren llegan a Londres preparadas para empezar su jornada laboral.

Limpian su primera casa, llevan a los niños al colegio, y así sucesivamente de casa en casa en una rutina que no concluye hasta las ocho de la noche, hora en que regresan derrengadas a sus casas pobladas de grandes familias. Quizás, incluso les quede tiempo para cuidar y dormir con los hijos de alguna hermana que hace el turno de noche. En esa vorágine, ¿quién se va a detener para observar las sofisticaciones de aquellos que han desarrollado un gusto por el arte provocador? La vida se les escurre minuto a minuto entre los dedos de las manos. En muchos casos, esas voluntariosas mujeres se pasan años trabajando para gente a la que nunca han visto y con quienes llevan vidas paralelas. Se comunican entre ellos a través de notas que se dejan en la cocina: «Por favor, déjeme dinero para comprar detergente»; «Por favor, planche las camisas que están en la maleta». Luego apuntan las horas de trabajo, el total a pagar cada semana y les dejan las vueltas en la mesa. Lo más curioso es que estas mujeres lo saben todo de sus clientes: ven sus fotos, conocen lo que comen, lo que beben, la ropa, la música que escuchan, sus hábitos de vida, sus gustos sexuales, cuándo tienen alguna aventura e incluso hablan con sus madres cuando llaman por teléfono. Pero nunca cruzan sus fugaces existencias con las de sus empleadores. Así, al pasar tan rápido de un sitio a otro, funcionan como autómatas, siguiendo su plan mental de acción y borrando mentalmente la tarea que acaban de finalizar.

Crucé el salón y me dirigí a la cocina, de donde

provenía algún que otro aroma y muy poco ruido. Al entrar en ella, mi corazón dio un brinco. Delante de la nevera no se encontraba la típica chica de la limpieza latinoamericana, de sonrisa radiante, ojos oscuros y humildad armada. Lo primero que vieron mis ojos (porque mi mente, mucho más rápida, había ya visto demasiado en un par de milisegundos...) eran unas largas y estilizadas piernas blancas que se erigían como dos columnas esbeltas hasta encontrarse tímidamente con los bordes de una camisa rayada de hombre. Seguí alzando la mirada lentamente, recorriendo su cuerpo con sorpresa y admiración, detuve mi mirada en lo que parecían ser unas magníficas nalgas de las que hacían algo más que sugerir la forma debajo de la tela de rayas que las cubría. En silencio y con esmero fui alzando la vista hasta posarla sobre una preciosa melena rubia. La luz del sol que entraba a través de la ventana iluminaba su figura, pues estaba completamente desnuda debajo de la camisa. Me quedé petrificado. Cuando reaccioné, intenté decir algo, pero lo único que salió de mi boca fue un «ejem» aturdido. Ella se dio media vuelta y me observó detenidamente con una suave mirada azul, esbozando una gran sonrisa que me dejó atónito.

—*Hello, darling* —me saludó—. ¿Qué te apetece desayunar?

No podía tener más de veinticinco años, pero su actitud era arrolladora, más propia de un hombre de negocios que de una joven a la que acaban de sorprender casi desnuda. Yo no conseguía aún articular palabra, pues la combinación de mi estupor con el conflicto lingüístico me tenía atenazado.

—¿No dices nada, cariño? —Su sonrisa empezó a incomodarme—. Debes de tener hambre después del viaje. He preparado café y tostadas. ¿Cómo te llamabas, cielo? Juan me lo dijo, pero no me acuerdo.

—Hola..., no... no esperaba encontrar a nadie en casa —conseguí decir por fin. El hecho de haber logrado una frase tan coherente en un digno inglés y ante una mujer tan bella me envalentonó y continué hablando—. Juan me dijo que la única persona que se pasaría por aquí sería la chica de la limpieza. Tú no serás... —dudé si continuar la pregunta—. No serás..., ejem..., la..., ¿no?

Al escuchar mis palabras, ella lanzó una carcajada al aire y se colocó la melena del otro lado mientras se agachaba delante de la nevera para coger un bote de mermelada de frambuesa. Evidentemente, disfrutaba de la escena como una actriz que estaba bordando el papel de su vida. Mis ojos no pudieron evitar posarse sobre la zona de piel que iba quedando expuesta mientras se agachaba y la camisa abandonaba su bello trasero. Fugazmente, el instante dejó entrever a un compañero de *Pascualín* que se asomaba por el borde de la camisa. El estómago se me encogió, la piel se me erizó y me ruboricé calamitosamente ante la situación.

—No soy la chica de la limpieza, *darling*. Aunque estoy segura de que estarías encantado si así fuera, ¿verdad?

Se me acercó peligrosamente con la mermelada en la mano. Posó sus ojos sobre los míos. Dios mío, era guapísima. De piel blanca casi transparente, con una cara angulosa y unos suaves pómulos que le daban cierto toque eslavo. Su nariz respingona parecía estar suspendida en el aire, olfateando su entorno como una felina. Su naricita estaba escoltada por unos grandes ojos azules de una profundidad confusa e indefinida. Su sonrisa era blanca y dulce. Sus dientes eran tan puntiagudos como sus orejas. ¿Se trataba de una gata o de una mujer?

—Me llamo Allegra y soy amiga de Juan —se presentó.

Sus ojos se volvieron a clavar en mí con descaro y alevosía, diciéndome claramente que era amiga de juegos y que yo era un ingenuo. Me acercó el bote de mermelada a la mano y yo lo cogí, sin saber por qué, rozando suavemente su piel contra la mía.

—Juan está arriba, bajará en un momento. Llegó muy tarde de Asia y me pidió que lo fuera a recoger al aeropuerto.

Levantó su dedo índice y lo posó con picardía sobre mi nariz. Soltó una carcajada, mezcla de inocencia pretendida y de arrogancia, y abandonó la cocina sin decir más. Se deslizó por el suelo de madera en dirección al piso de arriba con la elegancia de un misterioso gato siamés. Yo la seguí con la mirada. Subió las escaleras mirándome de soslayo, descaradamente desinhibida ante lo que la perspectiva dejaba ver desde mi posición en el piso de abajo.

Regresé a la cocina y me serví una taza de café. Los primeros sorbos tuvieron el efecto deseado y retomé la lucidez que me era familiar. Me alegré de tener a Juan cerca. Así la aclimatación tras la separación de María sería más fácil y, además, podríamos intercambiar historias y compartir recuerdos. Estaba perdido en mis pensamientos cuando escuché unos rápidos pasos bajando las escaleras. Era mi querido amigo, impecablemente vestido con un traje de chaqueta azul oscuro de corte británico y una camisa blanca radiante de cuello alto y doble botón. La corbata era discreta, azul oscura con motivos imperceptibles y de nudo gordo. Me fijé en su peinado, o mejor dicho en su despeinado estratégico, entre bohemio y formal. Me di cuenta de que ya le empezaba a clarear el pelo. Había pasado mucho tiempo desde la última vez que nos habíamos visto. Desde que Juan había llegado a Londres, su evolución había sido total. Era un verdadero camaleón. Se impregnaba de su entorno, adoptando todo lo que él consideraba importante. Enseguida cambió de manera de vestir, de hablar, de peinado, de música, de comida, de hábitos e incluso de amigos. Ahora era un cóctel explosivo de todo lo que estaba de moda: corbatas italianas de seda extragorda Marinelli, trajes de Saville Row, zapatos de Crockett & Jones's, relojes de diseño de Marc Newson... Sus camisas hechas a medida tenían en la manga derecha un dispositivo que permitía abrocharse el reloj por encima de la camisa, pasando la correa por dentro de la tela pero dejando a la vista la esfera. Era uno de los detalles de los que estaba más orgulloso, un clásico que había aprendido del gran Gianni Agnelli, el famoso dueño de FIAT y *playboy* de los años cincuenta. Me fijé en que su maletín ya no era el de cuero viejo y curtido, en forma de cajón, que tanto buscó por los mercadillos de segunda mano al llegar a Londres y que consideraba un atributo esencial en aquella época. Se había pasado a un maletín de fibra negra de marca TUMI, lleno de bolsillos y muy flexible. Me voy a hartar de verlo por la calle, pensé para mí mismo, sabiendo que si Juan lo llevaba era porque se trataba de «lo que había que llevar».

—¡Alberto, tío! —exclamó desde el otro lado del salón—. Te he dado una buena sorpresa, ¿verdad?

Sí, había envejecido un poco, tenía algunas arrugas y se vislumbraban unas potentes bolsas debajo de los ojos. Sus dientes seguían siendo perfectos y quizá más blancos que nunca. Tenía una sonrisa abrumadora, con la que siempre enamoraba a cualquier mujer, sobre todo a las más mayores. Habría sido el hijo político soñado de cualquiera de ellas. Desgraciadamente para ellas, Juan había decidido ser un soltero empedernido. Pero claramente había envejecido. No sé si había sido el trabajo a destajo, el *work hard-play hard* del que tanto hablaba. Ese lema era la esencia de su ritmo de vida: trabajo sin límites para agotar a sus adversarios más técnicos en las negociaciones, combinado con una fuerza irresistible para la fiesta, que le hacía granjearse el cariño y la simpatía de todos sus clientes. Juan tenía una vida más que yo, le solía decir entre bromas.

Cuando yo debía acostarme pronto, él comenzaba otro ciclo de actividad. No se dormía jamás antes de las dos de la mañana, y no lo hacía durante más de cinco horas, así que cuando yo estaba durmiendo él conseguía sacar tres horas más para trabajar, ligar o leer. En fin, era una verdadera máquina. Pero esas ansias de hacerlo todo tal vez no le dejasen hueco para sentar la cabeza. Tenía que estar siempre en la cuerda floja, sintiendo emociones fuertes e intensas, por lo que asentarse en una relación a largo plazo de corte sentimental no parecía una alternativa por el momento.

Se abalanzó sobre mí y nos fundimos en un gran y ruidoso abrazo.

—Alberto, qué bien te veo —dijo con mucho énfasis.

—Pero, Juan, ¿qué diablos haces aquí? No esperaba verte por Londres tan pronto.

—Yo tampoco, la verdad. Pero un cliente de aquí me ha llamado urgentemente porque acaban de lanzarle una OPA hostil, así que he tenido que venirme en el primer vuelo disponible. Pero, bueno, ya tendré tiempo de aburrirte con mis historias del trabajo. Dime, ¿cómo está María? En fin, la verdad es que vas a tener que contármelo luego porque llego tarde a una reunión.

—Juanito, la verdad es que me hace mucha ilusión que estés aquí —dije con sinceridad—. Menuda sorpresa me has dado… Y hablando de sorpresas… Me he llevado una muy grande al bajar esta mañana a la cocina. ¿Quién es ese bombón?

—Es verdad, tío, siento el susto. Es Allegra, una amiga...

Me reí con complicidad.

—Juan, hay que ver cómo te lo montas. No sé cómo aguantas trabajar catorce horas al día y aun así tener la energía para ligar y trasnochar. ¡Eres mi héroe!

—Alberto, uno nació así, hiperactivo e insaciable —bromeó al mismo tiempo que miraba el reloj—. En fin, debo marcharme. Lamentablemente, estaré fuera todo el día, pero esta noche te compensaré con una buena cena. Por cierto, no te preocupes por Allegra. Está como en su casa. Probablemente se vuelva a meter en la cama y más tarde se marche al trabajo. Es columnista de la revista *Tatler*, ¿la conoces?

Mi cara de póquer respondió a su pregunta.

—Es la revista de moda más pija y aristocrática de Inglaterra. Allegra escribe sobre moda, arte, gente y fiestas, así que tiene un horario un poco peculiar. ¿Qué planes tienes tú para hoy?

Le di un mordisco a mi tostada antes de responder.

—Me pasaré por la universidad para registrarme y conocer el campus. Luego iré a comprarme unos libros y a hacerme con un móvil para poder llamar a María cómodamente.

—Alberto, cada vez que pienso en volver a las clases me dan escalofríos —dijo Juan al tiempo que se estremecía—. Por cierto... —Cogió su maletín y rebuscó en uno de los bolsillos interiores. Extrajo un teléfono móvil y me lo ofreció, asintiendo con la cabeza—. Si es para llamar a mi querida María, aquí tienes. —Me lo tendió—. Ahora que vivo en Hong Kong apenas lo utilizo, pues cuando vengo a Londres todos me llaman al del trabajo.

—Juan, la verdad, no sé... —dije algo azorado.

—Que sí, hombre, cógelo; será mucho más fácil que comprarte uno, no conoces el sistema inglés ni sabes cuáles son las mejores compañías. Además, con este puedes sacar fotos digitales y enviárselas por *e-mail* a María. ¡Seguro que le hace ilusión!

En ese momento sonó el otro teléfono, que guardaba en su bolsillo de la chaqueta.

—Vaya —dijo—. Espera un segundo, me llaman de la oficina.

—*Hello* —saludó—. Hola, Gianmario, *come stai?* —preguntó con interés, guiñándome un ojo—. ¿Has terminado ya el DCF? —Escuchó con atención—. No, Gianmario, utiliza otro *risk premium* de acuerdo con lo que hablamos la semana pasada. —De repente, una gran vena empezó a recorrerle el cuello. Agachó la cabeza y se puso a dar vueltas por la cocina como si fuera un ratón enjaulado—. ¡Gianmario, *cazzo*! Te he dicho mil veces que me da igual. Es tu responsabilidad, y me importa un carajo lo que le haya pasado al sistema esta noche. En un abrir y cerrar de ojos estoy en la oficina y como no lo hayas terminado nos habrás metido en un lío muy gordo. ¿Entiendes, o necesitas que te lo diga más claro?

Se paró en seco y cortó la comunicación. Esa era la faceta de Juan que no me gustaba. La de un tiburón de las finanzas sin escrúpulos, aunque yo en el fondo de mi corazón quería pensar que solo «se hacía» pasar por uno. En cierta ocasión me dijo que eso era la jungla y que imperaba la ley del más fuerte. Si flojeabas, si tu trabajo empeoraba, siempre salía alguien con más horas para trabajar, más capacidad de trabajo y con más hambre. Me molestó recordar lo que escuché decir a su antigua novia italiana, la que le decoró esta casa, mientras lloraba sobre mi hombro la amargura de no ser amada como ella esperaba: «Alberto, Juan no tiene corazón, el hielo recorre sus venas, y solo se deshiela cuando está contigo o con María...».

Juan giró rápidamente sobre sus talones. La sonrisa había vuelto, más fuerte y más intensa que nunca.

—Perdona, Alberto. Hay que darles caña a estos jovenzuelos, de otro modo no espabilan. Las cosas ya no son como cuando yo empecé a trabajar. A mí no se me ocurriría quejarme a mis jefes por nada... ¡Si parecía que estábamos haciendo el servicio militar!

Imaginé que estaba pensando en el pobre diablo de Gianmario, su analista. Un analista, en el mundo de estas finanzas, era el hombre para todo, alguien recién salido de la universidad con unas ganas de trabajo desproporcionadas, ambicioso, inteligente e incansable. Alguien que rápidamente podía acumular las mayores responsabilidades, tantas como pudiera absorber. No obstante, algunos eran también víctimas de los explotadores que abundaban en esta industria y que los exprimían como limones hasta que no les quedaba ni una gota de actividad. Me negaba a pensar que Juan fuera uno de ellos.

—Bueno, lo dicho, chaval. Que te quedes con ese teléfono y que no te preocupes de nada.

—Juan, muchas gracias —dije de todo corazón.

Pero mi amigo ya no me escuchaba. Estaba saliendo por la puerta mientras miraba el reloj. A través de la ventana de la cocina pude observar cómo se dirigía con paso ligero a la parada de taxis. Llevaba su maletín en una mano y en la otra sujetaba una tostada a medio terminar.

Miré el móvil que me había prestado. Se trataba de un *iPhone* último modelo, con todos los *gadgets* que uno pueda imaginar. Un trasto carísimo, de esos que a Juan lo vuelven loco. La verdad es que me había ahorrado la aburrida gestión de comprar el aparatito, darme de alta en una compañía y rellenar el papeleo. Decidí utilizarlo poco para evitar la fortuna que costaban las llamadas a España. Prefería escribir *e-mails* a María, ya que nunca se me había dado bien hablar por teléfono, siempre había resultado muy frío a través del aparato. Además, la idea de las fotos me había gustado. Podría ir enviándole a María una especie de diario ilustrado.

Terminé el desayuno disfrutando de mi soledad y de las pequeñas sorpresas agradables de lo desconocido. El sabor de la mantequilla, la mermelada de frambuesa, el contacto de una loza desconocida en los labios, el paisaje nuevo y urbano de la ventana, los ruidos de la calle... Para mí, la búsqueda de la felicidad consistía en lograr ensartar esos pequeños momentos a lo largo de todo el día.

CAPÍTULO VI

PARA: María
DE: Papá
ASUNTO: ¡Hola!

Querida María,
¿Cómo estás, hija?
 Anoche cuando llegué a la casa de Juan me acosté enseguida, pues estaba agotado. Esta mañana al despertar me he encontrado con que tu tío estaba en casa, pues ha venido a Londres por un asunto de trabajo. ¡Imagínate qué sorpresa tan agradable me he llevado! Una de las primeras cosas que ha hecho es preguntarme por ti y decirme que te iba a enviar otro regalo, así que vete preparando. ¡La verdad es que está un poco loco! Pero qué te voy a contar que tú no sepas.
 Su apartamento es minimalista y bastante impersonal para mi gusto. No obstante, me encanta. Como Juan no

tuvo ni voz ni voto en su decoración, todo resulta ajeno. Parece que estamos en la suite lujosa de un hotel moderno de Nueva York. En cuanto al arte, sabes que Juan no valora el tipo que a nosotros nos gusta. Para él es una inversión especulativa, o bien algo que sirve para decorar un hueco en la pared. Su sensibilidad en este sentido es lamentable. La casa está llena de fotos caras de artistas de renombre que probablemente alguien haya escogido por él, pero luego Juan las ha colocado por toda la casa sin ningún criterio artístico ni nudo de conexión entre ellas.

En mi primera mañana, al salir del piso para dirigirme a la universidad, sentí que me enamoraba de Chelsea, el famoso barrio donde está la casa de tu tío. Ha hecho un día precioso y por todas partes había gente interesante yendo de un sitio para otro. Londres ya no es una ciudad inglesa. Es una metrópoli invadida por gente con dinero y ganas de vivir bien. La mayoría son americanos, rusos, franceses e italianos. También hay muchos españoles. Todo esto lo ves al andar por la calle y escuchar todos estos idiomas. Todas las casas están remodeladas y bien pintadas. Los pequeños jardines de acceso a las casas están verdes y muy cuidados. Abundan los rododendros, los cuales no identifiqué hasta después de haber visto varios, puesto que son enormes y floridos comparados con los que tenemos en casa. Hay parques por doquier, en pequeñas y cuadradas plazas bordeadas por una verja de la que únicamente tienen llaves los residentes de las casas de alrededor. Cada parque parece la ONU. Mientras los niños juegan, se forman nutridos grupos de *baby-sitters* de diferentes nacionalidades que se distribuyen por países en cada una de las esquinas.

En fin, perdona por haberme enrollado tanto. He pasado un día muy agradable y te he echado de menos. Por eso quería contarte todas mis impresiones.

De camino a la universidad me detuve a desayunar de nuevo para hacer tiempo, pues aún era muy temprano. Ya resulta casi imposible encontrar un sitio para desayunar a la inglesa, como no sea un pub. Creo que los huevos con judías, las salchichas, el beicon y los tomates al horno están dejando paso a los *bagels* (típicos bollos judíos de Nueva York), los *petits pain au chocolat* de las pastelerías francesas y los bocadillos italianos de las *paninotecas*. Me metí en un pub por curiosidad, puesto que era el único sitio que veía tranquilo. Era el «Bram Stoker's Dracula» en referencia obviamente al creador del famoso conde sanguinario. Me sorprendió ver que a esas horas de la mañana ya había una ristra de clientes habituales, la mayoría del sector de la construcción, bebiendo sus pintas de cerveza. Me acordé de cuando viajé a Londres siendo adolescente y solamente se podía beber alcohol a determinadas horas del día. Esto se debía a la moralidad victoriana que el siglo xx había heredado y que vigilaba la salud y el bienestar de sus trabajadores para que no tuvieran la opción de empinar el codo, salvo a las horas que las gentes superiores estimaban que no afectaba a su trabajo. Recuerdo que, por la noche, los encargados del local tocaban una campana diez minutos antes de las once y anunciaban a gritos «LAST ORDERS!». Al cierre del pub, hordas de trabajadores borrachos de todas las clases sociales se lanzaban a la calle para intentar llegar a sus casas. La primera vez que lo vi no me lo podía creer. Era una fría noche de invierno y la calle estaba vacía. De pronto empezaron a afluir borrachos de todas partes. Reconozco que tanto mis compañeros de viaje como yo mismo formamos parte en varias ocasiones de ese torrente lamentable.

 Creo que todavía ocurre algo parecido a la hora de cierre, puesto que Juan me ha contado que es imposible coger un taxi a esas horas. En fin, Londres y los pubs ya no son lo que eran. Ahora todo está lleno de bares chic y establecimientos internacionales, incluyendo decenas de bares de tapas al más puro estilo español. Desconozco si el resto de Inglaterra habrá cambiado tanto.

 De nuevo te pido disculpas por mis divagaciones… Retomando el hilo de lo acontecido hoy, al llegar al pub pedí un desayuno inglés, algo que no volveré a repetir en muchos años, te lo aseguro. La comida la acompañé, en una excentricidad algo extraña en mí, de un par de *bloody marys*. Creo que el cambio de ciudad, la emoción y la curiosidad de estar en un sitio nuevo me arrastraron a esa decisión. ¡Qué barbaridad! Y pensar que en Madrid lo único que tomo por las mañanas es un café… Pues lo que te decía, me senté como una piedra y desde el primer momento me di cuenta de que el desayuno tendría sus consecuencias. Llevo todo el día con el estómago revuelto, claro.

 En fin, toda esta historia para contarte que al final llegué a la universidad y me matriculé en el curso que me recomendaste. No es que me muera de ganas por hacerlo, pero me sirve de excusa para estar en Londres. Como puedes ver en la carta, me he pasado mucho más tiempo hablando de tonterías que de la parte académica. En todo caso, el programa es totalmente abierto y no hace falta que vaya mucho a clase.

Por cierto, Juan se ha empeñado en que salga a cenar esta noche con él a algún restaurante de moda. Espero que no me obligue a aguantar toda la noche despierto ni me presente a toda su pandilla de amigos internacionales. Sabes que últimamente no estoy para ritos sociales. Ya te contaré.

Ay, hija mía, cómo te extraño. Pero saber que desde la lejanía te acuerdas de tu padre me hace inmensamente feliz.

Intentaré escribirte todos los días.

Un beso enorme,

Papá

CAPÍTULO VII

EL RESTAURANTE estaba en Draycott Avenue, a diez minutos andando de Chadwick Gardens, la calle de Juan. Salí con tiempo para disfrutar del paseo. Yo era un puntual empedernido y, además, no tenía mucho que hacer en casa. Al salir de Chadwick, bajé hasta Fulham Road caminando despacio. Miré el reloj varias veces y cada vez que lo hacía disminuía el paso, puesto que no quería llegar el primero.

Intuía que esa noche Juan volvería a cometer las dos tropelías que siempre lleva a cabo en este tipo de situaciones. La primera de ellas sería llegar tarde a la cita en cuestión, por lo que me tendría que presentar a mí mismo a unos desconocidos con los que debería entablar una cháchara estúpida hasta que llegase nuestro vínculo común. En segundo lugar, mi querido amigo me metería en algún tipo de encerrona con una chica a la que previamente le habría contado alguna historia inverosímil sobre mi persona.

Por ello, no me apetecía nada llegar a la hora exacta, pero sabía que una fuerza irremediable me hacía llegar siempre puntual. Esta vez, y con mucho esfuerzo, me las arreglé para llegar con diez minutos de retraso. Al entrar en el restaurante Daphne's me recibió un *maître* de simpatía italiana que iba vestido de negro. Pregunté por mi mesa y le comenté con desconsuelo que probablemente era el primero en llegar, con lo cual me condenó al ostracismo de la barra hasta que estuviésemos todos con el fin de optimizar los turnos en las mesas, como solía ser habitual en los restaurantes de moda. Imagino que si hubiera sido Hugh Grant o alguien así me habrían ofrecido la primera mesa del comedor. Pero era Alberto, un español medio algo desubicado, aunque con cierto estilo retro-chic, o al menos eso quería pensar. Al llegar al bar, otro italiano, esta vez con perilla pero con la misma sonrisa e idéntico tono de voz, me sirvió un gin-tonic. Me aferré al vaso dispuesto a hacer todo lo posible para que la copa me durara un buen rato.

Siempre había sido una persona observadora. Me gustaba mirar a la gente y disfrutar de sus comportamientos. Por una parte se trataba de un interés antropológico, pero también tenía algo de cotilla. Si Casilda hubiera estado a mi lado, me habría pasado un buen rato pidiéndome que mirase a tal o cual persona. En este caso, en el bar había tres tipos de tribus. La primera era la de los ejecutivos con dinero que acudían a una cena de empresa. Todos parecían clones con sus trajes oscuros, sus cabellos repeinados y sus terminales *blackberry* reposando sobre la mesa. Estos, la verdad, resultaban aburridos de observar. Todos hablaban de lo mismo: dinero, bolsa, finanzas y demás. Pero, por otro lado, estaban lo que los americanos llaman «*eurotrash*» o «basura europea». Estos sí que daban juego. Acaudalados, con profesiones relacionadas con el arte, estupendamente vestidos y con dominio magistral de varios idiomas. La base de su conversación era el inglés, pero salpicado por una infinidad de vocablos en francés e italiano. Siempre estaban rodeados de bellas y jóvenes mujeres que guardaban un gran parecido con Allegra, la amiguita de Juan. Y, finalmente, hay unos elegidos que no son *eurotrash* de cuna, sino que forman parte de los ejecutivos agresivos, pero que gracias a su simpatía, dinero, familia o conexiones penetran en ese mundo tan vacío de la sociedad internacional londinense. Aquí es donde Juan sobresalía. Cada vez que pensaba que un tío nacido en Plasencia, educado en Madrid y que estudió en los escolapios ahora tenía una magnífica casa y se codeaba con estos *eurotrash*, la historia de mi amigo me resultaba fascinante. Era el equivalente europeo del sueño americano.

Habían pasado ya treinta y cinco minutos de observación interrumpida y comenzaba a inquietarme. Me estaba acabando ya el gin-tonic y el camarero me miraba con insistencia para que pidiese otro, cosa que no quería hacer puesto que no deseaba beber demasiado con el estómago vacío desde el desayuno inglés de aquella mañana, que tan mal me había sentado.

No transcurrió mucho más tiempo cuando entró Juan como un rayo y se dirigió hacia mí con semblante decidido y una sonrisa de oreja a oreja. Me extrañó que llegara solo, pues la mesa estaba reservada para cuatro personas.

—Alberto, amigo mío, perdona el retraso. No te lo vas a creer, pero vengo de Milán ni más ni menos. La empresa china para la que estamos trabajando nos ha puesto un avión para que vayamos allí a estudiar las opciones que tenemos de defenderlos de la OPA a la que están siendo sometidos... En fin, que no me he podido quitar al consejero delegado de encima hasta bien entrada la tarde, momento en que me he vuelto pitando. ¿Qué tal has pasado el día? Pídeme un gin-tonic, anda.

Juan había hecho su entrada de siempre. Llegada fulgurante, excusa perfecta, abrazos efusivos y muchas preguntas con el fin de despistarme y que se me olvidara enfadarme por su retraso.

—¿Han llegado ya nuestras «pajaritas»? —preguntó con descaro mientras cogía el vaso que le tendía el camarero con perilla.

—No, que yo sepa —respondí sin tener muy claro de qué estábamos hablando.

—Pues es raro —dijo—. Allegra me confirmó que vendrían directamente aquí después del último pase de la London Fashion Week. Estarán al caer —añadió más para sí mismo mientras miraba su reloj de pulsera.

—Juan, ¿qué encerrona me has organizado esta vez?

—Camarada, nada que no puedas dominar —me respondió en tono jocoso—. Allegra está en la Fashion Week escribiendo sobre los pases de moda y la gente que acude a ellos. Una amiga suya, la directora de la agencia de modelos Elite en Londres, le ha pedido que se ocupe de una amiga rusa que es modelo de Dianne von Fustenberg en este pase. ¡Es espectacular, ya verás!

—Juan, no me fastidies, ya sabes que estas cosas no me van. Que yo no sé estar con esa gente. No sé de qué hablarles ni tengo interés en hacerlo. —Bajé la cabeza al terminar la frase, dándole un largo sorbo a mi copa.

—Alberto, ¡no seas aguafiestas! —exclamó Juan en tono burlón—. Esta noche cenas conmigo y nos lo vamos a pasar fenomenal. Tengo muchas cosas que contarte, y lo de menos es quien nos acompañe, ¿no? Si es una chica guapa, mejor que mejor. Y si además te echa el ojo, a nadie le amarga un dulce, ¿verdad?

Estaba terminando de decir estas palabras cuando emergieron por la puerta del establecimiento dos mujeres que cortaban el hipo. Incluso yo, que estaba acostumbrado a no mirar a las mujeres como técnica de autodisciplina, interrumpí la conversación y fijé mi vista en ellas. En el restaurante todo el mundo se volvió como si se tratase de un partido de tenis. Las dos estupendas mujeres se dirigieron hacia nosotros en lo que yo viví como una escena cinematográfica a cámara lenta, sus trajes sedosos desenvolviéndose en el aire y sus melenas balanceándose de un lado a otro.

Se me hizo un nudo en el estómago. Reconocí a Allegra cuando se encontraba tan solo a un palmo de nosotros. Estaba incluso más hermosa que aquella mañana, cuando llevaba puesta la mitad del pijama de Juan. Vestía un traje de gasa sencillo y vaporoso que terminaba mucho antes de que acabasen sus muslos. Calzaba unos elegantes zapatos de taconazo y no llevaba medias. Su escote era generoso, quizás en exceso. En cuanto a su acompañante, era esbelta como una garza. Su pelo rubio y fino le caía ligeramente sobre sus ojos dándole una imagen de cierto abandono chic. Vestía unos vaqueros de cintura baja, como los que usan ahora todas las modelos, dejando asomar algo de su blanca piel entre el pantalón y el top negro que la envolvía como si fuera una segunda piel.

—Juanito, mi amor, acaba de terminar el último desfile y he tenido que entrevistar a Alexander McQueen. Me ha tenido esperando casi treinta minutos para luego repetirme una y otra vez los mismos mensajes corporativos de siempre. Natacha me ha esperado pacientemente, pero creo que se ha tomado demasiados benjamines de Moët mientras lo hacía.

Miré a los ojos de Natacha. Verdaderamente, estaban un poco perdidos y chispeantes. De color casi amarillo, tenían un cierto *glamour* de cegata. No sabías si te miraban a ti o a través de ti. Natacha inclinó la cabeza a la derecha y dejó escapar una traviesa sonrisa.

—Definitivamente, el Moët de los pases de modelo es una pequeña adicción —comentó con un suave acento ruso—. Me paso todo el día bebiendo agua Evian, tan solo tomo un par de copitas de vez en cuando para relajarme. El problema es que esta vez me he dejado llevar.

Al terminar de decir esto entrelazó sus brazos alrededor de mi cuello y mirándome a los ojos me dijo dulcemente:

—Hola, cariño, he oído hablar mucho de ti...

Se acercó a mi mejilla y me dio un par de besos aterciopelados con suave lentitud. La situación me resultaba realmente embarazosa. Allegra y Juan observaban divertidos cómo me ruborizaba. Ahí estaba yo, apoyado contra la barra del bar con las manos colgando en los costados y «sujetado» por esta mujer de casi 1,80 metros. No sabía adónde mirar. Allegra alargó el brazo para coger a Natacha por la cintura y dirigirse con ella hacia nuestra mesa mientras se susurraban confidencias la una a la otra y se reían.

Juan y yo las seguimos discretamente a unos cuantos pasos. Al llegar a la mesa, el *maître* empezó a hablar en italiano con Juan, y por lo que entendí pidieron la cena sin ni siquiera consultar el menú.

—Es muy fácil —me explicó mi amigo—. Aquí, lo mejor es la *mozzarella di bufala*, que traen todos los días en avión desde Italia y que únicamente sirven a los clientes especiales. Luego he pedido el pescado del día al grill. Vittorio, el dueño, siempre nos asegura que es del día anterior, fresco como la *mozzarella*. De acompañamiento he pedido *fiori di zucchero*. Espero que te guste.

Juan eligió un buen vino, Brunello di Montalcino, y para Natacha pidió una botella de Moët. No tardaron en servirnos el primer plato. Me di cuenta de que las chicas no prestaban atención a su plato ni comían mucho. No obstante, no paraban de beber champán, sobre todo la modelo.

—Alberto, cuéntanos qué haces en Londres —me pidió Allegra—. Juan dice que eres como su hermano pequeño, que os conocéis desde hace mucho tiempo. ¿También eres banquero, cariño?

—No, banquero no —respondí fingiendo estar escandalizado—. Dios me libre. El tema de los bancos y del dinero nunca me ha gustado lo más mínimo. Soy periodista e imparto clases en la Universidad de Madrid. Estoy especializado en Arte —añadí en tono solemne, como si ser profesor me situara en otra liga muy distinta y algo superior a aquella en la que se encontraban los banqueros y financieros.

—Profesor de Periodismo —me interrumpió Natacha—. ¡Qué romántico! Yo estuve enamorada de mi profesor del colegio, en San Petersburgo. Qué guapo era, pero qué mal me lo hizo pasar… Por cierto, Juan, pídenos otra botella de Moët, que esta ya ha pasado a mejor vida —dijo lanzando una suave carcajada.

Miré a Natacha intentando no transmitir el desencanto que me producían sus palabras. Estaba ya un poco borracha. La verdad es que su belleza hacía que fuera difícil dejar de observarla. Sin embargo, parecía que su capacidad de atención era muy reducida y que toda la conversación siempre tenía que terminar girando en torno a ella. Debía de ser la irremediable consecuencia de la adulación constante a la que estaban sometidas las mujeres bellas en ese mundo tan superficial.

—Alberto, no hagas caso. Natacha siempre está bromeando. Alberto es un gran profesor —dijo Juan encarrilando de nuevo la conversación—. Ha escrito muchos artículos para revistas especializadas y es colaborador de uno de los periódicos más importantes de España. —Juan se puso serio, como si de verdad le pareciera que mi profesión estaba por encima de la de los demás—. Además, ahora ha venido a realizar un proyecto de investigación en la Universidad de Londres, ¿no es así, Alberto?

—Sí, la verdad es que voy a tomar un curso sobre la utilización de la escritura en el arte como parte del mensaje visual —comenté con solemnidad, como si estuviera hablando a dos de mis alumnas—. Bueno, más que un curso son unas clases sueltas impartidas por grandes profesores.

—Un ejemplo de eso que se me ocurre —dijo Allegra— es el de los caracteres chinos, ¿estoy en lo cierto? Adornan muchos cuadros y forman parte del conjunto de una obra. En Occidente, este no es el caso salvo en lo que respecta a las viñetas humorísticas o a los comics. Aquí la escritura suele acompañar al arte para aclarar el contenido de una obra, pero nunca como parte de ella. Es un tema fascinante. Mi padre era un gran coleccionador de arte chino. Fue embajador en ese país durante mucho tiempo y siempre le fascinó coleccionar arte pictórico, porcelana y textos antiguos. Sobre todo figuras de *blanc de chine*. Tenemos una gran colección, en la casa de Devonshire. —Allegra adoptó un aire melancólico al recordar a su padre—. Tienes que venir un día. Ahora está todo un poco descuidado, ya que el vago de mi hermano, que es el que heredó la propiedad, es un holgazán y no se ocupa de nada. Es más, me ocupo yo de mantener su propia herencia.

—¡Me encantaría ir! —respondí entusiasmado ante la perspectiva, y sorprendido por el hecho de que Allegra hubiera sacado el tema de los caracteres chinos, de tanta trascendencia para mí.

—Además, aunque no tenemos ejemplos de arte musulmán, creo que tiene algunos libros sobre el tema. Como sabréis por las últimas polémicas en la prensa al respecto —dijo mirando a Juan y a Natacha—, en el arte musulmán no se puede pintar al profeta Mahoma, todo lo contrario a lo que sucede en la tradición cristiana, extremadamente rica en retratos de Jesús. Por eso se utilizan versos del Corán como elementos ornamentales.

—Tienes razón —afirmé sintiéndome agradecido por poder mantener una conversación interesante con alguien.

—Juan ha estado varias veces en Devonshire —prosiguió Allegra—. Es un sitio precioso, pero algo aburrido.

—Además, Alberto investiga un pequeño enigma sin resolver —dijo Juan mirándome con complicidad—. Tiene una obra de arte chino que heredó de su familia y que quiere estudiar en profundidad, ¿no es así, colega? —Tras una teatral pausa, prosiguió poniéndose serio—: Alberto heredó ese cuadro de su mujer, quien falleció no hace mucho tiempo.

Allegra y Natacha se miraron a los ojos y emitieron un dulce «ooh» que me resultó algo ñoño. Allegra me tomó la mano con cariño.

—Desde entonces tiene la determinación de descifrar el contenido del cuadro e identificar al caballero chino retratado en él. En la pintura hay un pequeño texto que quiere traducir. ¡Mi amigo es un romántico empedernido! —exclamó con una gran sonrisa.

—¡Qué mono! —dijo automáticamente Natacha agotando la última gota de su copa de champán. Se notaba que estaba disfrutando de las miradas furtivas que le lanzaban los hombres y las mujeres de otras mesas.

—Alberto, a lo mejor podemos ayudarnos mutuamente —me dijo Allegra—. Quiero vender unas piezas que me tocaron en el lote tras la muerte de mi padre y que no formaban parte de la colección de Devonshire. Me encantaría que me acompañaras a una tienda de antigüedades que hay en Chelsea, cerca de casa de Juan. Mi padre iba siempre con el fin de comprar y vender elementos de su colección. Se llama Wong Fine Orientals y está regentado por un venerable anciano mandarín muy interesante. Me conoce desde pequeña.

Estoy segura, además, de que ese anciano podrá guiarte para que consigas descifrar el contenido del cuadro que tanto aprecias.

—Estupendo, si quieres te acompaño mañana —respondí raudo.

—Sería genial. No conozco este mundo tanto como tú y, aunque confío en Mr. Wong, prefiero tener a alguien que me aconseje.

—Claro —dije—, pero la verdad es que no tengo mucha idea de precios ni de subastas, y lo poco que sé del tema viene de haber leído algunos libros, porque no es lo mío, así que desconozco si te podré ser de gran ayuda.

—Recuerdo que mi padre solía pasar largas horas con Mr. Wong en su tienda, en la parte de atrás de la misma, husmeando entre las antigüedades, descifrando polvorientos libros o simplemente tomando té e intercambiando ideas con Mr. Wong —suspiró Allegra—. Se ponían a hablar de arte y de filosofía. Mi padre era un hombre extremadamente culto y, además, muy buen cliente, por lo que Mr. Wong le tenía mucho aprecio. La verdad es que me fascinaba escucharles hablar de Confucio, del arte de la guerra, de las grandes dinastías, de poesía… Siempre terminaban lamentándose del estado actual del país y finalizaban brindando por una China libre. Mi padre se marchó a vivir a Hong Kong para trabajar en un banco y allí murió.

Me levanté de la mesa excusándome para ir al cuarto de baño. El vino y el ambiente del restaurante me estaban empezando a fatigar, pues el día había sido largo. De todas formas, Allegra era una mujer mucho más interesante y simpática de lo que en un principio había imaginado. Al llegar al cuarto de baño me percaté de que era mixto. Había una sala con lavabos y tocadores que era común, y luego retretes individuales. Todos estaban ocupados. Varias mujeres se retocaban frente al espejo, encantadas de ser observadas en su intimidad. Había algo de excitante en la escena. Pensaba en esto cuando de repente apareció Natacha. Se acercó a mí y me susurró:

—Me estoy aburriendo, cariño. Deberíamos irnos a bailar.

Hurgó en su bolso y extrajo una barra de labios. Al sacarla la miró un instante, como si dudase si aplicársela o no. Dejó el bolso en el lavabo y acercándose a mí me dijo:

—Alberto, ¿me haces un favor?

—Claro que sí —dije temiendo lo que se avecinaba, fuera lo que fuese.

—¿Qué te parecen mis labios?

—¿Cómo? Pues, eh, muy bonitos —balbuceé, sin saber cuál era el objetivo de su pregunta.

—Yo creo que este tono de pintalabios es demasiado intenso. Me hace parecer un poco furcia, ¿no crees?

—No, qué va... —respondí—. Estás muy guapa.

—Quiero aclarar un poco este tono. —Dejó entrever una sonrisa perversa.

Sin dudarlo un segundo acercó el pintalabios a mi boca y, antes de que pudiese reaccionar, me pintó los labios de rosa intenso. Miré a mi alrededor desesperado, pero por fortuna nadie nos estaba prestando atención. Por el rabillo del ojo, logré atisbar un reflejo mío en el espejo, con la cara desencajada por la sorpresa y unos labios rosas, perfectamente pintados.

—Joder, Natacha, ¿qué demonios haces? ¿Estás loca? —exclamé intentando alejarme de ella.

Pero me tenía atrapado entre el lavabo y sus 1,80 metros de altura, mientras su cuerpo se estrujaba contra el mío. La única manera de salir de esa encerrona hubiera sido hacer una finta o empujarla. Las dos alternativas me parecieron exageradas. Me veía huyendo del restaurante con los labios pintados y se me antojó una situación demasiado vergonzosa.

—Alberto, confía en mí. Quiero que me pintes los labios de rosa pasión.

Me agarró con las dos manos detrás de la cabeza, entrelazando los dedos como si estuviéramos en un ritual. Me miró a los ojos y rápidamente, sin un momento de pausa, acercó sus labios a los míos y me besó con los ojos cerrados. Su lengua perforó mi boca, a lo que opuse escasa resistencia. La situación era totalmente ridícula. Me hallaba en el lavabo de un restaurante de Londres siendo acosado por una modelo rusa a la que servía de diversión aquella noche.

Apartó la boca con dulzura. Curiosamente, sus labios habían tomado un color suave y pálido, producto del roce con los míos, los cuales, menos mal, habían quedado desprovistos de carmín. Natacha giró sobre sus tacones y se observó coqueta ante el espejo. Se retocó los labios y el pelo, y tras acariciarme la mejilla, volvió a la mesa.

Me quedé perplejo ante el lavabo durante unos instantes. ¿Quería eso decir que le gustaba? Tal vez simplemente se había reído a costa mía. ¿O era verdad que ese tono de labios solo se conseguía a través del roce con los de otra persona? Me enfadé conmigo mismo. ¿Qué coño hacía yo en Londres siendo arrollado por una chica de la edad de mi hija? Me sentía más frágil de lo que jamás había estado delante de las mujeres. Ni con catorce años me había sentido tan desubicado con el sexo opuesto. Ahora, con cuarenta, la situación era más patética aún. Me acordé de Casilda. ¿Qué hubiera pensado ella?

Cuando volví a la mesa, Juan me miró con preocupación.

—¿Estás bien, Alberto? Has pasado casi diez minutos en el lavabo. Creía que te había sentado algo mal, o que te había abducido el retrete, macho.

Natacha y Allegra soltaron una carcajada.

—Además, Natacha nos ha dicho que no te ha visto allí. ¡Por un momento he creído que te habías ido!

Natacha me guiñó un ojo.

—No, bueno, la verdad es que me he despistado. Lo siento —respondí cabizbajo.

Allegra se estaba acabando el postre. De repente, Natacha se levantó y dijo:

—Allegra, vámonos, que mañana empezamos pronto. Juan, cariño, déjala que venga a casa hoy, que mañana tenemos que trabajar.

Allegra se levantó. Juan también y yo los seguí. Juan hizo una indicación al *maître* para que le enviase la cuenta a algún sitio. Paró un taxi y dejamos a Allegra y a Natacha en su casa, cerca de la nuestra. Juan se enganchó al móvil y despachó varias llamadas con gente de su banco. Era pasada la medianoche, y su actividad laboral parecía la de hora punta. También se puso a escuchar los mensajes que habían dejado en su buzón de voz de la oficina. Me di cuenta de la intensidad de su trabajo. No había respiro. Los clientes esperaban un servicio veinticuatro horas al día y Juan se lo proporcionaba. Trabajaba todo el día con el cliente y por la noche preparaba los documentos de trabajo del día siguiente. Qué lejos está esto de mi vida, dije para mí.

Juan continuó hablando por teléfono hasta que nos despedimos. Se metió en su habitación con el pinganillo colgado del oído y me lanzó un guiño cariñoso.

Me derrumbé en la cama. Levanté la mirada y me acordé de María, y luego de Casilda. ¿Qué hacía yo en Londres? Estaba fuera de lugar. Estos pensamientos me venían una y otra vez a la cabeza. El curso no me apetecía nada, ni me apetecía la gente. Lo único que me divertía era volver a ver a Juan. Pero incluso eso no tenía mucho sentido, ya que él no tenía tiempo para mí. Desde que había llegado, todo nuestro contacto estaba siempre salpicado de gente, llamadas y prisas.

Pensé en Natacha. Recordé lo guapa y sexy que era, y pensé cómo en cualquier otra situación estaría ahora llamando a los amigos para contarles lo que me había pasado. La verdad es que, si hubiera querido, esa noche no dormiría solo. Pero yo no deseaba tener compañía, o más bien, no quería otra compañía que la de mis recuerdos. Pensé en volver a Madrid. Eso era lo mejor que podía hacer. Me iría a la playa con María y dejaría consumir otro verano sin levantar la cabeza pero instalado en mi confortable burguesía mental. No quería riesgos ni revoluciones. Ya era yo lo suficientemente mayorcito como para estar danzando por el mundo sin ganas.

Mañana mismo llamaría a María y le comentaría mi decisión. Le diría que el curso no era lo que esperaba, que era muy flojo. Me quedaría un par de días aquí con Juan hasta que se volviese a Singapur y luego regresaría a casa. Me dio vergüenza pensar que me estaba dando por vencido. Pero la adicción a mi pena era muy dulce y su atracción resultaba fatal. Evitar riesgos. Vivir encerrado en los recuerdos. Administrarlos. Consumirlos poco a poco. En soledad.

CAPÍTULO VIII

UN SONIDO ESTRIDENTE me despertó hiriéndome los tímpanos. Pero ¿qué hora era? Miré el reloj. Las cinco y media. Aún no había amanecido. ¿Quién demonios llamaba a esas horas? Me incorporé aturdido. Unos pasos acelerados en la escalera hicieron vibrar las vigas del suelo de la casa. Me mantuve sentado sobre la cama escuchando en la oscuridad. Oí cómo se cerraba la puerta principal. Me acerqué a la ventana con rapidez. Un taxi negro esperaba en la puerta. Levanté la ventana y me asomé. Juan salía de la casa aferrado a su gran maletín y dando grandes pasos en dirección al vehículo.

—Juan, ¿qué haces a estas horas? ¿Adónde vas? —le pregunté desde el quicio de la ventana.

—Alberto, perdona por haberte despertado, me marcho al aeropuerto. Me acaban de avisar de la oficina. Las cosas se han precipitado un poco en la OPA en la que estamos trabajando y tengo que estar en Milán para un desayuno con el consejero delegado. Parece que quiere acercar posiciones. Ya te llamaré —me contestó Juan metiéndose en el taxi, con su indefectible pinganillo colgando de su oreja para no perder una sola de sus importantísimas llamadas telefónicas.

—Bueno, pues que tengas un buen viaje —dije bajando el tono de voz a medida que me daba cuenta de que Juan ya se alejaba en el taxi y no me podía escuchar.

Me volví a meter en la cama. Qué vida la de Juan, un esclavo de su trabajo. Anteponía cualquier problema profesional a su vida privada. No me extrañaba que no consiguiera sentar cabeza. Pensé en Allegra y la compadecí. Estaba seguro de que su destino sería el mismo que el de las anteriores parejas de mi amigo.

Me había desvelado. Pensé en María y la forma en que le diría que regresaba a Madrid tras el *e-mail* tan positivo que le había escrito el día anterior. Tendría que esperar al menos un par de días, hasta que mi excusa pudiera tomar más consistencia. Cerré los ojos resoplando, pero mi indignación ante el hecho de sentir que debía justificarme ante mi hija no me impidió volver a quedarme dormido.

Me despertó horas más tarde el sonido insistente del teléfono móvil. Me levanté de un salto y lo saqué del bolsillo del pantalón, algo aturdido.

—¿Dígame? —conseguí decir al mismo tiempo

que miraba el reloj. Eran casi las once de la mañana, ¡había dormido diez horas!

—Alberto, cariño, soy Allegra. ¿Te he despertado?

—No, qué va, estaba leyendo unas cosas —mentí descaradamente.

—Alberto, no seas tonto, tu voz es de ultratumba.

—Bueno, es que estaba leyendo en la cama...

—Cariño, necesito unas cosas que dejé en la casa de Juan. ¿Me las podrías traer a la London Fashion Week, que está en King's Road? Tu amigo se ha ido de viaje y me ha dejado colgada. Me dijo que me las acercaría con un chófer, pero se ha debido de olvidar. Entra en su cuarto y en el cajón de la mesilla encontrarás un artilugio en forma de pintalabios que en realidad es una memoria USB. Son las entrevistas de esta semana y tengo que entregarlas hoy a mi jefe, ¡si no, me matará! Tráemelo, cariño, te lo ruego.

—Muy bien, lo busco y quedamos... —respondí, aún aturdido por el sueño.

—Gracias, cariño, eres divino. Aprovechando que vienes por aquí nos podemos acercar a ver a Mr. Wong. Pasamos luego por mi casa, cogemos las figuritas esas de las que te hablé en la cena y luego nos vamos a comer. ¿Qué te parece? Quedamos a las once en la puerta norte, entonces.

Ni siquiera me dio tiempo a contestar. Antes de colgarme añadió:

—Allí te espero, *bye!*

El día había empezado a trompicones, pero como había conseguido reposar perfectamente me enfrentaba a él con energías renovadas. Desde que Casilda había muerto, necesitaba dormir muchas horas para estar en forma. María me decía que lo que me ocurría es que sufría una pequeña depresión que me negaba a reconocer. Probablemente tenía razón, pero yo, aunque lo admitiera en un ejercicio de conciencia conmigo mismo, no quería enfrentarme al tema mientras no me impidiese desarrollar una vida normal. Tomé una ducha y me vestí rápidamente. Quería desayunar algo antes de pasar a buscar a Allegra.

La entrada norte de la London Fashion Week daba justamente a la calle de King's Road, la cual me traía muchos recuerdos de mis viajes de juventud a Londres, puesto que aquí estaban todas las tiendas de segunda mano de ropa y discos, los establecimientos punkis y muchos locales precursores del grunge de los noventa y de la moda de los setenta y ochenta en general. Recordaba la ilusión que me producía desenvolverme por este mundo único y singular, tan alejado de la España inmediatamente anterior a la movida madrileña. Una visita a King's Road despertaba las envidias de mis amigos en España. En muchas ocasiones, me pagaba los viajes a Londres de una manera muy peculiar: recorría las tiendas de King's Road comprando camisetas de conciertos de grupos legendarios como los Rolling, Queen o Led Zepellin y luego las revendía a precio de oro en Madrid. Me las quitaban de las manos. Eran los tiempos en los que en mi ciudad natal no existía la diversidad ni había manera de diferenciarse de los demás estudiantes.

Para mi desolación, el King's Road que recordaba yo había desaparecido a causa de la globalización. Ahora todas las tiendas eran las mismas que se pueden encontrar en cualquier calle principal de una ciudad grande: ropa internacional, restaurantes de comida rápida, cafés norteamericanos, tiendas de complementos para embarazadas, supermercados, etc.

Empecé a divagar acerca de la suerte que habrían corrido otros lugares legendarios de Londres como Camden Town o Portobello Road. El singular Reino Unido de los años setenta se había esfumado por completo. Qué gran derrota para los ingleses en lo que respectaba a esa ridícula defensa de la identidad nacional. Pese al arcaico patriotismo y a la testaruda permanencia de la libra, Londres se había convertido en una ciudad poblada por extranjeros que cobraban en euros o en dólares y gastaban en función a sus ingresos en aquellas divisas. Inmerso en estas reflexiones, me fui aproximando a la entrada norte de la London Fashion Week. Solo la voz de Allegra consiguió sacarme de mis pensamientos.

—¡Hola, Alberto!

—Allegra, perdona, no te había visto.

—No te preocupes, cariño. Tendrías que haberte visto a ti mismo deambulando. Has pasado a un par de metros de mí y ni siquiera te has dado cuenta. Debes de ser el único hombre que pasa por delante de este lugar y no repara en la cantidad de bellas modelos que salen a fumarse un pitillo entre pase y pase.

—Sí, lo siento, pero ya te habrás dado cuenta de

que soy el despiste personificado. Iba pensando en mis cosas, meditando sobre el enorme cambio que ha experimentado esta ciudad. —Miré a mi alrededor—. Vaya, ahora que lo dices, es verdad que hay muchas chicas estupendas por aquí.

—Alberto, creo que deberías aprovecharte de tu aire desinteresado. No hay nada que ponga más a estas mujeres que los tíos que se hacen de rogar. Sobre todo si se trata de un hombre interesante, intelectual y guapo como tú. —Allegra me guiñó un ojo.

—Muchas gracias, pero la verdad es que no creo que tuviera muchas oportunidades aunque quisiera. Y si quisiera, entonces ya no tendría falta de interés y se me vería el plumero. Menuda paradoja, ¿no?

Allegra soltó una carcajada y me plantó dos besos muy cariñosos. Se aferró a mi brazo y empezamos a pasear como si ya fuéramos grandes amigos. Un sol débil calentaba nuestros lánguidos pasos. Por alguna razón, la novia de Juan me había cogido cariño y me trataba con una familiaridad nada artificiosa. A medida que nos perdíamos entre el gentío que aprovechaba los rayos de sol para salir a la calle, Allegra me fue contando cómo conoció a Juan. Noté en su voz un hilo de frustración y de melancolía. No sé si deseaba transmitirme esa sensación a propósito o se le había escapado sin querer. En todo caso, permití que divagase sin pensar demasiado en ello.

Allegra era una mujer de una belleza y una personalidad arrolladoras. Según me fue comentando a lo largo del paseo, había sido educada por un padre aristócrata que formaba parte de la clase alta que controlaba el mundo de la política, la diplomacia y las finanzas. Se trataba de un lord inglés, lord Christen para más señas. Me lo describió como un hombre elegante e inteligente, estupendamente educado, con un gran sarcasmo, pero muy frío en sus relaciones con la familia. Prototipo del caballero británico, fue educado en el famoso colegio de Eton y se licenció en la Real Academia Militar de Sandhurst. Estos dos «marchamos de calidad» marcaron para siempre su futuro. Eran el pasaporte que dejaba de manifiesto su excelente pedigrí y su inmenso potencial para alcanzar las más altas cotas del poder en Inglaterra, y supo aprovecharlos. Al dejar Sandhurst, en vez de continuar su carrera militar, se pasó al *Foreign Office* para desarrollar su vida como diplomático. Allegra me comentó que, además de ser embajador en China, también había sido destinado a muchos otros lugares. En su deambular por el mundo desarrolló una gran pasión por el coleccionismo. Su amor por el arte y, sobre todo, su necesidad de ocuparse de la gestión del inmenso patrimonio familiar le hicieron pasarse al sector financiero. La vida de diplomático podía ser muy interesante, pero desgraciadamente no era suficiente para mantener el alto nivel de vida que su posición y, sobre todo, su patrimonio requerían. Este último creció gracias a su habilidad para los negocios, reforzada con buenas inversiones en activos financieros. Fue por ello que la familia no tuvo que vender sus propiedades o abrir al público su palacio residencial de Devonshire.

Allegra lo recordaba con cariño, aunque lamentaba su falta de atención paternal. Me dio la sensación de que fue un padre distante, aunque siempre mantuvo una estrecha relación con su hija. En una de sus estancias como diplomático en Italia había conocido a la madre de Allegra, una joven de la aristocracia veneciana que se dejó impresionar desde el principio por la clase y la elegancia del padre de Allegra, a pesar de que había veinte años de diferencia entre ellos. Lord Christen, un *playboy* a la antigua usanza, se enamoró de ella y quiso sentar la cabeza por fin. Tras un breve período de compromiso oficial, se casaron en Venecia en una de las bodas más sonadas de aquellos años.

La madre de Allegra nunca fue feliz junto a lord Christen. A los pocos años de matrimonio y tras el nacimiento del hermano pequeño de Allegra, los abandonó para volver a Italia y casarse de nuevo con un conde italiano. Allegra nunca mantuvo una buena relación con su madre, con la que apenas se veía y quien falleció siendo aún joven.

Allegra siguió viviendo con su padre, acompañándolo junto con su hermano pequeño en sus primeros destinos, tras el abandono que sufrieron por su madre. Fue en Colombia, donde su padre pasó varios años en la embajada, que Allegra aprendió español. Según me comentó, siempre le fascinó el castellano y lo fue perfeccionando en clases particulares durante muchos años. Cuando los hermanos tuvieron la edad preceptiva para acudir a un internado inglés, su padre los envió para completar sus estudios. Su hermano pequeño, Shane, nunca superó el trago de no tener madre y vivir alejado de su familia. Shane vivía en el palacio de Devonshire, malgastando la fortuna familiar y dilapidando su salud en juergas y complicaciones con las drogas. Pero era un buen chico y siempre se salvaba por los pelos de caer en pozos sin fondo. Allegra le guardaba cariño y se obligaba a visitarlo regularmente en el palacio, para según ella «asegurarme de que nunca cruza la línea».

En cambio, Allegra se enfrentó a la vida con gran ilusión. Gracias a su tesón e inteligencia, consiguió cursar estudios de Literatura Inglesa en la prestigiosa Universidad de Oxford. De ahí pasó a la redacción de la famosa revista de moda y sociedad *Tatler*, de la que era en estos momentos una valorada columnista de moda.

Allegra podía enmarcarse dentro del sector de las «niñas bien» de la sociedad inglesa, con cierta influencia *eurotrash*, pero con un fuerte bagaje intelectual, una mezcla única muy singular. Su aspecto físico era ciertamente anglosajón, no había heredado un ápice de las raíces latinas de su madre. Ahora bien, aunque tenía una fachada un poco «pija», también era una mujer de mundo que había vivido y crecido en muchos países. Su padre siempre se empeñó en que hablara italiano y castellano, y en que se empapara de su cultura, de sus raíces clásicas, de su historia y sobre todo del arte. Si uno trataba con ella de forma superficial, no era fácil que aflorase esa cultura, puesto que se dejaba arrastrar por su entorno más banal. Así, aunque el contenido fuera muy sólido, el envoltorio era un gran lazo de raso.

—Alberto, cariño, nos hemos pasado la entrada de la tienda —exclamó Allegra.

Llevábamos casi cuarenta y cinco minutos de paseo, incluyendo el momento en que habíamos ido a su casa para recoger la bolsa en la que estaban las figuritas que ella quería llevar a la tienda de Mr. Wong y de las que me había hablado en la cena de la noche anterior. El tiempo había volado.

—Perdona, pensarás que soy una cotorra. Pero es que Juan y yo nunca hablamos con tranquilidad. Siempre tiene que estar haciendo algo. No conoce el placer de perder el tiempo junto a alguien. Él está siempre empeñado en optimizar los minutos, o algo así lo llama él. Si se puede ahorrar un par de segundos cambiando un recorrido y desviándose del mismo lo hará, aunque sea más costoso, difícil, feo o aburrido. ¡Cómo se nota que es financiero, Dios mío! Todo lo mide en términos de eficiencia. Muchas veces pienso que está conmigo el tiempo justo para que no me enfade. Para Juan este paseo sería una pérdida de tiempo, lo habríamos hecho en taxi. En fin, ven, sígueme —dijo mientras me tomaba de la mano con naturalidad y me guiaba para cruzar la calle.

Justo en la esquina identifiqué la entrada a una pequeña tienda. El portal estaba bastante descuidado, lo cual resultaba un gran contraste con las tiendas de alrededor. En esa zona del barrio de Chelsea se hallaban todos los grandes anticuarios, que contaban con unos establecimientos elegantes, espaciosos y muy bien cuidados. La tienda a la que nos dirigíamos no solo parecía descuidada desde fuera, sino también abandonada. El cartel que daba nombre al local había perdido un par de letras y la pintura exterior no había sido retocada en muchos años. Una cortina oscura velaba el escaparate. La pequeña puerta de acceso estaba entornada. Allegra la empujó. Se escucharon los débiles sonidos cristalinos del típico colgante musical colocado sobre la puerta para avisar de la llegada de los clientes.

—¿Mr. Wong? —llamó Allegra elevando la voz con decisión.

CAPÍTULO IX

LA NOCHE ANTERIOR, Juan apenas había dormido. Le habían llamado muy tarde para indicarle que tenía que asistir a la reunión, y desde ese momento había estado en contacto directo con su equipo en el banco. Dada la diferencia horaria, había tenido varias teleconferencias con su cliente para discutir la situación. Este cliente era clave para Juan. Si conseguía hacer una buena defensa contra los italianos tendría todo a su favor para conquistar el mercado asiático y con ello llegar a las más altas cotas de éxito profesional.

Parecía que la situación de Xiao Pharma era delicada, por no decir desesperada. La empresa había invertido todos sus recursos en esta nueva droga para la disfunción eréctil masculina, cuyo objetivo era no solo competir con la italiana, sino hacerlo a un precio mucho más bajo, con el fin de hacerse rápidamente con el inmenso mercado asiático, en especial el chino, que desde tiempos inmemoriales daba una altísimo valor a los conceptos de fertilidad y de virilidad. El Sr. Xiao era el dueño y presidente, pues controlaba un 40% de las acciones de la empresa. El resto cotizaba en bolsa. Tenía una reputación algo opaca desde Occidente, pero el enorme interés en la nueva China hacía que sus rarezas se pasaran por alto. Era uno de los hombres más ricos de Asia gracias a sus múltiples inversiones.

Los italianos habían dado un golpe de efecto tomando la iniciativa. Se habían acercado al Sr. Xiao y le habían comentado su interés por lanzar una oferta pública de adquisición en bolsa para quedarse con toda la compañía, aprovechando la baja cotización de las acciones en el mercado. El objetivo de Juan y su equipo era el de intentar impedir el éxito de la OPA a través de todos los mecanismos legales y financieros que estaban a su alcance. Habían pasado toda la noche estudiando opciones con las que enfrentarse a este ataque sorpresa de Forza Pharma.

El chófer que Forza Pharma le había enviado al aeropuerto lo dejó delante de las escaleras de la sede de la empresa milanesa. Forza había sido creada casi de la nada en los últimos años, al abrigo del poder político italiano y de las conexiones con la Europa de Bruselas. Los nuevos medicamentos que la empresa había diseñado fueron aprobados en el mercado italiano en un tiempo récord, y la empresa crecía muy rápidamente a costa de sus competidores, al parecer más lentos en el proceso de innovación y desarrollo de medicamentos. Forza parecía contar con unos inmensos recursos para financiar la investigación. Los analistas financieros estaban perplejos por la rapidez con la que accedía a fuentes de financiación. Forza no cotizaba en bolsa, por lo que parecía estar al margen del estudio de los analistas, los reguladores y el mercado en general.

Juan fue conducido a una inmensa sala de juntas en el primer piso del elegante y moderno edificio. Allí lo esperaba el equipo directivo al completo.

—*Dottore* Juan, es un placer tenerle en nuestras oficinas —lo recibió el consejero delegado de Forza al tiempo que se levantaba para estrecharle la mano.

—*Caro* Marco —Juan saludó con frialdad a Marco Odavani—, no hace falta que me llames de usted, nos conocemos desde hace muchos años.

—Como quieras, Juan. ¿Conoces a mi equipo directivo?

Juan asintió con la cabeza y miró a cada uno de ellos a los ojos.

—Juan —prosiguió Marco—, muchas gracias por tomarte el tiempo de venir a vernos. Te agradecemos enormemente que te hayas desplazado hasta aquí.

—Marco, mi único objetivo es servir a mi cliente y asegurarme de que recibe el mejor consejo posible. Venir aquí es parte de mi obligación.

—Lo que queremos —prosiguió Marco, haciendo caso omiso a sus palabras— es establecer contigo las bases de un acuerdo, así como entender cuáles son las primeras reacciones de tu cliente.

Juan se reclinó en su asiento y tomó aire antes de responder.

—Mi cliente va a considerar esta OPA como «hostil» y, por lo tanto, va a recomendar a su consejo de administración que rechace la oferta. Pensamos que los términos de la misma son ridículos.

—Pero, *caro* Juan, considerando la espiral negativa en la que se encuentra tu cliente…

—Marco —interrumpió Juan—, mi cliente piensa que la bolsa actualmente no valora bien su empresa, que no entiende lo que está construyendo ni se fija en su futuro. Cree que la confianza volverá una vez que se anuncie la salida del nuevo producto de fertilidad que, como sabes, está a la vuelta de la esquina. El proceso final de lanzamiento de nuestro producto estrella está en las últimas fases y, una vez desarrollado, el mercado asiático será nuestro. De ahí pasaremos a haceros la guerra en vuestro propio territorio. Es solo cuestión de tiempo.

—Juan, sabes que Xiao lleva varios cientos de millones de dólares invertidos en esta investigación. El tiempo que tiene tu cliente para responder, una vez presentada la OPA ante el regulador, será el que marca la ley, es decir, no más de tres meses, por lo que no os va a dar tiempo a lanzar el medicamento. Además, por mucho que intentéis informar a vuestros accionistas de lo «poco» que os falta para llegar al éxito en la investigación y de que, si se esperan pacientemente, las rentabilidades financieras serán inmensas para ellos, todos vuestros esfuerzos caerán en saco roto.

Están hartos de escuchar la misma historia para que luego sea una falsa alarma. La acción está hundida, y ni el mercado ni vuestros accionistas confían ya en el Sr. Xiao. Sinceramente, lo mejor que puede hacer es vender.

Juan se levantó de la mesa y empezó a andar alrededor de ella, como si ese paseo pudiera ayudarlo a controlar sus palabras.

—Obviamente eso es lo que pasa. Por eso la acción está tan barata. Si sumas todos los activos de Xiao, valen ya dos veces lo que cotiza en bolsa, y eso sin considerar el producto de la fertilidad. Para vosotros es un negocio monumental. No solo con comprar la empresa ya ganáis el doble de lo invertido, sino que de un golpe os quitáis de encima a un duro adversario, quizás el único, y además os hacéis con el control de una gran parte de la distribución de medicamentos genéricos en China. Esto os dará acceso a distribuir vuestro producto a un precio más competitivo y aumentar así las ventas de manera brutal, todo bajo el aspecto de ser una empresa china. Es claramente una amenaza monopolística.

—Juan, como sabes, nuestra oferta es un 30% superior al precio de bolsa, pero dices bien que para nosotros va a ser muy beneficiosa. —Marco volvió la cabeza para seguir a Juan mientras proseguía deambulando por la habitación—. Si lo que buscáis es un precio superior, todo es cuestión de negociar.

Juan frenó en seco. Giró sobre sus talones y se acercó a Marco.

—Marco, mis clientes no quieren vender. A ningún precio.

—OK, amigo mío. Tenéis todas las de perder. Te voy a describir sencillamente los acontecimientos según se van a desarrollar a partir de ahora. No quiero perder el tiempo en negociaciones ni reuniones absurdas. Ya hemos hecho el trabajo de campo y hemos preparado el camino para el éxito de esta operación. He estado en contacto directo con los fondos de inversión que controlan más del 35% de la empresa. Votarán a favor de la OPA y acudirán a la misma. Están hartos de esperar un milagro, se les ha acabado la paciencia. Prefieren vender a un buen precio antes que dejarse arrastrar hasta la quiebra de la compañía. Quieren olvidarse de esa terrible inversión y pasar página. Ya sabes, el instinto de supervivencia. —En esta última frase, Marco subió el tono de voz de forma teatral—. Ya conoces el amor por el riesgo de los chinos y, sobre todo, por el juego. Bueno, pues esta vez definitivamente han perdido. Y venderán, ya lo verás. En fin —prosiguió—, finalmente nos haremos con la mayoría de la empresa, aunque el Sr. Xiao no venda, y con eso habremos ganado la batalla. En minoría, el Sr. Xiao estará en nuestras manos, perdiendo todo el control y sin capacidad de negociación para vender su participación a un tercero. ¿Quién quiere ser un accionista minoritario de una empresa subsidiaria de otra empresa italiana?

Marco se quedó callado. Una gran sonrisa cínica y burlona, aunque lo suficientemente edulcorada como para que no se le acusase de desconsiderado, se dibujó en su rostro.

—¡Ah! —exclamó antes de que Juan pudiese hablar—. Y olvidaos de buscar a un socio que lance una oferta más alta que la nuestra. Es una enorme cantidad de dinero y ahora los bancos no financian este tipo de operaciones. Además, para ninguna otra empresa es un bocado tan apetitoso y oportuno, nadie estaría preparado a pagar más de lo que hemos puesto encima de la mesa. Por último, solo un loco querría tener al Sr. Xiao como socio, puesto que es pública y notoria su gloriosa reputación. —Marco dibujó unas comillas con sus dedos al pronunciar el adjetivo que calificaba la fama del oriental.

La expresión de Juan era colérica, pero se controló para no explotar y, acercándose aún más a Marco, puso los puños sobre la mesa y le espetó:

—Marco, a ver si me entiendes. No vamos a vender. No vais a comprar. Ya os llegará la notificación del consejo de nuestro cliente rechazando la OPA. Tenemos un plan muy claro y definido para haceros frente. Lo tenemos en marcha y estamos convencidos de que saldremos victoriosos. *Arrivederci*, compañero.

Juan salió de la sala sin despedirse de ningún otro directivo. No esperó el ascensor, sino que descendió las escaleras saltando los peldaños de dos en dos. Cruzó el umbral del edificio y se metió en el coche.

—Al aeropuerto, por favor —ordenó al sobresaltado chófer, quien le esperaba fumándose un cigarrillo tranquilamente.

Durante el trayecto, Juan llamó a su cliente desde el móvil.

—Sr. Xiao, lamento molestarle a estas horas. Acabo de terminar la reunión con Forza. La situación es peor de lo que esperábamos. Llevan estudiando la operación muchos meses. Tienen todos los ángulos cubiertos y nos han tapado todas las salidas. Creo que llegamos un poco tarde. Han hablado con los accionistas clave y tienen todo su apoyo.

Escuchó los furibundos comentarios al otro lado del mundo y contestó con voz seria y algo angustiada:

—Vamos a ganar tiempo. Vamos a agotar los plazos legales para estudiar todas las posibilidades, no se preocupe. Le repito que aún tenemos tiempo. No, cambiar de banco asesor ahora no tiene sentido, confíe en nosotros. Se lo prometo, podemos salir victoriosos, pero tenemos mucho trabajo por delante. Tenga paciencia, por favor, denos un margen de maniobra.

El Sr. Xiao cortó la comunicación sin despedirse. Juan apretó los puños y maldijo:

—Mierda, mierda, mierda…

Lanzó el móvil con rabia contra al suelo del Alfa Romeo. Afortunadamente, el aparato rebotó contra las mullidas alfombrillas del coche y cayó encima de su maletín. Justo en ese momento, empezó a sonar una llamada.

—¿Quién coño es ahora? —se preguntó con una mezcla de ira y desesperación.

Miró la pantalla. En ella centelleaba el nombre de Allegra.

CAPÍTULO X

—¿MR. WONG? —Allegra volvió a levantar la voz, esta vez con un poco más de potencia.

La tienda se hallaba oscura, ya que las cortinas que tapaban los cristales del escaparate impedían la entrada de los débiles rayos del sol londinense. La puerta por la que habíamos accedido al local había vuelto a entornarse, por lo que nadábamos en un mar de tinieblas silenciosas, solamente roto por la enérgica voz de Allegra y el suave tintineo de los cristales al chocar entre sí.

De repente, la luz del techo se encendió y escuchamos unos pasos detrás de la mampara que delimitaba el área del mostrador. Deposité la bolsa con las figuritas sobre este con sumo cuidado.

—Allegra, creo que viene alguien —cuchicheé.

Allegra me miró y se encogió de hombros.

—Es más —proseguí con el tono susurrante de alguien que cuenta una historia de miedo—, parece que se escucha el arrastre de pesadas telas, como si viniera un fantasma por ese pasillo.

Allegra lanzó una carcajada al aire. Supuse que se imaginaba a un menudo anciano oriental convertido en un ánima en penitencia. Se tapó la boca con la mano para ahogar su risa.

La puerta de la mampara se abrió y apareció un hombre muy alto que llevaba sus cabellos blancos recogidos en una coleta larga y perfecta. Miré a Allegra con expresión de extrañeza. ¿Era ese Mr. Wong? El tópico del dulce y sabio ancianito chino de baja estatura, arrugado como una pasa y enfundado en ropas tradicionales no podía estar más lejos de la realidad. Vestía un elegante traje a medida de color oscuro con unas rayas diplomáticas claras, chaleco incluido. Del bolsillo de la chaqueta le asomaba un gran pañuelo en tonos predominantemente blancos. Más que asomarle, el pañuelo describía una forma perfecta, digna del arte de la papiroflexia. La camisa también era blanca y estaba perfectamente planchada. La corbata era muy fina y se asemejaba más a un lazo que a una verdadera corbata. Para terminar de sorprenderme, llevaba unas grandes gafas negras con la montura superior en dorado, como si se tratase de un magnate. La verdad es que se parecía más a un modisto de esos que salen en las revistas del corazón que al maestro zen de la famosa película *Karate Kid*. En fin, los clichés están para romperlos, pensé inmediatamente.

—Querida Allegra —saludó respetuoso Mr. Wong—, qué alegría verte por aquí.

Le besó la mano con elegancia.

—Mr. Wong, qué ilusión que se acuerde de mí. Hace tanto tiempo que no paso por aquí, que pensé que me habría olvidado o, como poco, que no me reconocería —dijo Allegra emocionada.

—Allegra, nunca me podré olvidar de tus cariñosas visitas aquí, con tu admirado padre. No todas las niñas de esa edad tenían tanta curiosidad por el arte y por aprender cosas nuevas.

—Gracias, Mr. Wong, me trae usted unos recuerdos muy tiernos.

Se volvió hacia mí y realizó las presentaciones de rigor.

—Alberto es un amigo que está en Londres para hacer un curso de investigación sobre la utilización de la escritura antigua en el arte oriental. Es profesor de Periodismo en España. Además, le gustaría hablar con usted acerca de una obra que está en su posesión.

Mr. Wong inclinó la cabeza levemente en señal de respeto y volvió a mirar a Allegra con devoción.

—Encantado de conocerle, Mr. Wong —lo saludé.

—Señorita Allegra, ¿qué te trae por aquí? —dijo él sin prestarme mucha atención—. Ah, pero antes de nada quería darte mi más sentido pésame por la muerte de lord Christen, al que tenía gran respeto y afecto. Espero que recibierais mi nota de condolencia en Devonshire.

—Sí, nos llegó, muchas gracias —contestó Allegra—. La verdad es que el respeto y el cariño eran mutuos. Mi padre admiraba sus conocimientos y su gusto por el arte.

Mr. Wong volvió a inclinar la cabeza en señal de agradecimiento.

—Como puede imaginarse, Mr. Wong, tras la muerte de mi padre todo lo referente al palacio de Devonshire, como los títulos, las tierras y las obras de arte, pasaron a manos de mi hermano Shane. Así es la tradición inglesa, nos guste o no… Pero mi padre conocía de sobra mi interés por el arte. Por eso me encargó el cuidado de su colección y me dejó en herencia unas figuras muy interesantes. Imagino que usted las reconocerá enseguida. Curiosamente, estas nunca estuvieron expuestas en el palacio, sino que siempre las guardó en nuestra residencia de Londres, escondidas en su despacho. Yo no recuerdo dónde las compró, pero me imagino que lo haría aquí, o que al menos las habría mencionado cuando conversaba con usted. En fin, querría que las identificase y si acaso me diese una estimación de su valor.

—Estaré encantado —accedió Mr. Wong de buena gana—. Enséñamelas, te lo ruego.

Me adelanté a Allegra y me acerqué al mostrador para extraer las piezas de la bolsa que habíamos traído. Dentro había un par de cajas algo amarillentas que, una vez fuera de la bolsa, eran más grandes de lo que había imaginado. En el exterior aparecían unos caracteres chinos casi desdibujados.

—Con mucho cuidado —me pidió el anciano—, por favor.

Extraje la primera figura del interior de la caja. Todas ellas estaban envueltas en una tira de papel acolchado. La desenvolví lentamente, algo intimidado ante la vigilancia de Mr. Wong. Tras unos segundos de tensión conseguí sacarla.

—Muy interesante —exclamó el anticuario. Se acercó a mí y me arrebató la figura.

Pasó observándola unos minutos que se hicieron eternos. Allegra y yo nos miramos sin decir nada, esperando a que Mr. Wong diera su veredicto, pero no lo hizo. Durante el tiempo en que permaneció en silencio me fijé mejor en la figura. Se trataba de un bando de gansos alzando el vuelo desde una superficie inmaculada que podría ser nieve. La obra era grandiosa, de una perfección impresionante y con una carga de realidad increíble para tratarse de una pieza de porcelana.

—Allegra, ¿la otra es igual? —pregunté con un interés que los dejó desconcertados.

—Por supuesto que sí —se adelantó Mr. Wong—, aunque con algunas notables diferencias.

—Exacto —asintió Allegra—. Se trata del mismo bando de gansos pero en secuencias distintas y consecutivas, como si se tratase de una serie de fotografías de animales en movimiento. Si observas esta otra, cada pájaro tiene un batido más de alas y, por lo tanto, están elevados con respecto a la anterior. En la primera, algunos están posados y, en la segunda, no hay ninguno en esa posición, y hasta se pueden intuir las marcas que sus patas han dejado en la nieve.

Mr. Wong asintió entusiasmado.

Intenté arrancarme a hablar para explicar mi intensa curiosidad, pero Allegra se me adelantó.

—¿Cómo lo sabía usted, Mr. Wong? ¿Las había visto antes, entonces?

—Allegra —respondió Mr. Wong, regocijándose en su respuesta—, son muy interesantes. Mucho... Peculiares y muy valiosas también.

Mr. Wong parecía realmente interesado, aunque algo confundido. Dicha confusión no parecía venir del punto de vista artístico de las piezas, puesto que estas podían catalogarse rápidamente, ya que llevaban su sello original. Parecía rebuscar en su memoria algún factor o algún tema ajeno al estilo u origen de las mismas.

La excitación que sentía hace unos minutos se había acrecentado aún más ante su última y misteriosa afirmación.

—Allegra, Mr. Wong, perdonad la interrupción, pero hay una tremenda coincidencia en todo esto... —dije algo atribulado.

Mr. Wong y Allegra se volvieron hacia mí, sorprendidos por mi precipitación al hablar.

—A lo mejor no me creéis, pero unas porcelanas como estas, exactamente iguales a estas, fueron compradas por mi suegra en El Cairo hace casi ochenta años.

—Querido, eso no es posible —dijo Allegra mirándome con estupor—. Bueno, imagino que habrá centenares de copias de este tipo de arte rondando por ahí —añadió.

El comentario de Allegra me molestó, aunque no dejé que se me notara. ¿Por qué asumía que un tipo como yo no podía tener una verdadera joya de estas características?

—No, Allegra, las mías son tan auténticas como las que heredaste de tu padre. Y eran exactamente iguales —dije acercándome a Mr. Wong y cogiendo la figura con las dos manos—. Además, el sello es el mismo, de la dinastía Tang —afirmé con orgullo al inspeccionar la base de la porcelana—. Recuerdo perfectamente las fotografías que me enseñó Casilda, mi mujer, de las porcelanas que vendieron sus padres para hacer algo de dinerillo en su jubilación. Gracias a ellas consiguieron completar su pensión de diplomáticos e ir tirando. Las porcelanas las colocaron en el mercado a través de una subasta en la galería Sotheby's de aquí de Londres. Recuerdo perfectamente que Casilda me relató la sorpresa de sus padres cuando estas alcanzaron un precio desorbitado para la época y muy por encima de su valor artístico. Sospecharon que un par de coleccionistas caprichosos decidieron competir como si de una partida de póquer se tratara, a ver quién tenía la cartera más abultada.

En un principio me alegró poder lucirme con las explicaciones, pero cuando vi el rostro entristecido de Allegra ante el tono algo subido y rencoroso de mis palabras, a mí mismo me sonaron a niño mimado, relamido y herido.

—Entiendo entonces, Alberto, que ese coleccionista caprichoso debió de ser mi padre, ¿no? Y supongo que me las dejaría en herencia en lugar de unirlas al legado de mi hermano Shane porque tendrían algún valor sentimental para él.

—Y eso no es todo, ya que la casualidad puede ser aún mayor... —afirmé manteniendo el tono sabiondo que había utilizado en mis últimas intervenciones, aunque a continuación bajé un poco el tono y proseguí—. Estas figuras las compró mi suegra junto con el cuadro del caballero chino del que ya te he hablado, querida Allegra, y por el cual queríamos venir a verle a usted, Mr. Wong. Ese cuadro tiene un texto en chino antiguo que Allegra me comentó que probablemente usted podría traducir.

—Señor Alberto, eso no solo sería una inmensa casualidad, sino que resulta casi imposible. Si es verdad, como no dudo que lo sea, ustedes acaban de unir sus destinos al conseguir reunir de nuevo esta familia artística tan particular... Sí, muy particular. —Mr. Wong quedó ensimismado en sus pensamientos durante un instante.

Después, el anciano chino se acarició la barbilla con parsimonia, como si estuviera buscando las palabras adecuadas. Por un momento pareció que iba a añadir algo más, pero por alguna razón pareció querer esperar a otro momento más oportuno.

—En fin, Alberto, sería estupendo que fuera verdad. Pero ¿cómo podemos confirmarlo? ¿Has traído las fotografías del cuadro? —preguntó Allegra.

—Así es, me acompañan a todas partes —dije muy orgulloso.

Mientras contestaba a Allegra, mi cabeza rebuscaba en su memoria factores que pudieran explicar esta repentina casualidad. ¿Cómo era posible que el destino nos hubiera deparado tamaña sorpresa? ¿Cómo explicar que el cuadro del chino, que tantos recuerdos me traía y tanta emoción guardaba en su historia, pudiera estar íntimamente ligado al conjunto de porcelanas de Allegra?

—Pero ¿en qué medida puede resultar tan valioso esto, Mr. Wong? —quise saber—. El cuadro en sí no tiene un gran valor artístico, aunque potencialmente sí que puede ser esencial para documentar una época. Además, supongo que junto con las porcelanas, el conjunto adquiere una gran originalidad, pero nada más, ¿verdad?

Rebusqué en mi mochila y extraje el sobre blanco que tantas vueltas había dado por el mundo y tantos quebraderos de cabeza me había proporcionado. Después de años y años, el misterio de Casilda podía resolverse en un instante, en Londres, de la mano de una amiga que nunca comprendería verdaderamente el significado que ese momento tenía para mí. Era como deshacer el encantamiento al que estaba sometido desde la muerte de Casilda, como romper el cordón umbilical de su recuerdo vivo. Intuí que una vez violado el secreto, nada volvería a ser lo mismo. Miré a Allegra y a Mr. Wong. Me di cuenta de que ese momento no lo iba a compartir con nadie cercano, que María y yo no estaríamos juntos, y contuve la respiración. Mi corazón se aceleró a medida que iba alargando el brazo en dirección a Mr. Wong con el sobre en la mano.

Mr. Wong no respondió. Me miró fijamente a los ojos y tomó el sobre con sus manos moteadas, fruto del paso de los años y del trabajo manual. Extrajo las fotografías y antes de verlas se puso unas gafas. Se sentó con lentitud en la silla alta que había detrás de su mostrador.

—Permítanme —musitó.

Parecía estar disfrutando del momento. Dispuso las fotografías sobre el mostrador y comenzó a examinarlas. De vez en cuando levantaba la mirada para encontrarse con nuestros ávidos semblantes. Cuando esto ocurría y los ojillos de Mr. Wong volvían a su escrutinio, Allegra y yo nos mirábamos con ilusión y sorpresa, ansiosos por preguntarle, pero sin querer romper ese momento mágico del que parecía estar disfrutando el anticuario.

Pasaron algunos minutos hasta que Mr. Wong se puso en pie.

—Creo que necesito más tiempo para entender y traducir el conjunto. Solamente quiero decirles que han tenido mucha suerte. Han dado con algo..., cómo diría yo..., muy especial para la cultura tradicional de nuestro país. Déjenme las piezas para que pueda hacer varias consultas.

—¿De qué se trata, Mr. Wong? —preguntamos Allegra y yo al unísono.

—No quiero llegar a conclusiones anticipadas antes de consultar con algunas de mis fuentes en China. Sería precipitado y estúpido por mi parte hacerlo. Tengan paciencia y vuelvan en un par de días.

Su última frase sonó a sentencia, e inmediatamente entendimos que no merecería la pena insistir. Sabíamos que allí las piezas estarían a buen recaudo, por lo que nos dispusimos a salir de la tienda.

Tras despedirnos de Mr. Wong, salimos del local conscientes de estar viviendo algo irrepetible, uno de esos «momentos altos» que le encantaban a Casilda. Nos miramos con complicidad. Esa increíble anécdota del destino nos había unido. Pero, de pronto, la expresión de Allegra se ensombreció. Me dijo:

—Alberto, se nos ha hecho tarde y no podemos ir a comer. Me tengo que ir enseguida a la redacción. He de entregar la columna de esta semana antes del cierre de la edición, que es dentro de unas horas. Te llamaré para que cenemos esta noche y hablemos de esto que nos ha pasado. Por cierto, voy a telefonear a Juan ahora mismo para contárselo todo. *Bye!*

Allegra abordó un taxi que se había parado en el semáforo. La observé desenfundar su móvil, buscar un número en la agenda del mismo y mirar la pequeña pantalla con intensidad. El taxi comenzó a alejarse, pero aún pude verla ponerse muy seria, bajar la cabeza y repetir la llamada varias veces.

Lamenté separarme de ella. Había sido una tarde muy divertida, cargada de confidencias y sorpresas. Me había sentido muy cómodo y feliz, casi como en familia. Hacía muchos años que no pasaba una tarde a solas con una mujer que no fuera María.

Regresé a casa de Juan andando despacio y disfrutando del paseo que deshacía el camino que había hecho con Allegra. Compuse en mi cabeza el *e-mail* que le escribiría a María para contarle todo lo acontecido.

Me di cuenta de que mi decisión de la pasada noche de abandonar Londres e irme a Madrid no podía ser tan inminente. Quizás había decidido tirar la toalla demasiado pronto. Lo que estaba claro es que, al menos, debía esperar a escuchar las conclusiones de Mr. Wong.

CAPÍTULO XI

PARA: María
DE: Papá
ASUNTO: ¡Vaya día!

¿Qué tal estás, cariño?
No me acostumbro a estar lejos de ti. En Madrid casi siempre tengo la suerte de llegar a casa y verte, de poder compartir mi día contigo. Supongo que será por eso por lo que siento la necesidad de escribirte y contártelo todo.

Hoy ha sido un día de lo más entretenido. El tío Juan se ha marchado al aeropuerto de madrugada, sin apenas dormir, para asistir a una de sus reuniones urgentes en Italia. Me ha despertado cuando salía de casa. ¡Menudo susto me ha dado! Creo que está trabajando en una operación que lo trae de cabeza y que es muy importante para él y para su carrera profesional. Por alguna razón lo noto más tenso y preocupado que nunca, y eso que siempre va como una moto y que, por norma general, sus días suelen ser el doble de largos que los de los demás. Pero esta vez se comporta de forma egocéntrica, ignorando los sentimientos de la gente que lo rodea. Francamente, no lo entiendo. Tiene un gran puesto y la responsabilidad que siempre ha deseado. Además, gana una fortuna y se codea con la élite de Londres. Por si fuera poco, se rodea de mujeres muy guapas y atrevidas, algo con lo que siempre había fantaseado. En fin, me aterra pensar que un luchador como él, paradigma del hombre hecho a sí mismo, no parezca feliz una vez que logra acariciar sus sueños. Supongo que yo no soy la persona adecuada para hablar de felicidad, pero sí sé algo de alcanzar los sueños para que luego se te escurran por entre los dedos por culpa de una enfermedad…

En fin, que tu tío Juan parece entregado a perseguir los objetivos que la sociedad materialista ofrece hoy en día. Aquí todos sus amigos y competidores son inteligentes, guapos, están en buena forma y tienen éxito. O al menos están obligados a aparentarlo. No se pueden permitir llegar a ser lo que ellos llaman un *loser*, es decir, un perdedor. Eso los aterra. Para ellos, el éxito consiste en la siguiente ecuación:

Dinero + reconocimiento profesional + mujer guapa a tu lado
= reconocimiento social y respeto

Aquí todos parecen haber sido cortados por el mismo patrón. Es curioso verlos salir de los restaurantes. Visten igual, se ríen igual y miran con admiración a las mismas personas. Si hablan de ti como alguien que «está forrado», significa que la gente está deseando invitarte a una copa, escuchar tus historias y reírte las gracias. Eso me recuerda a la famosa anécdota que se cuenta del multimillonario árabe afincado en Marbella, Adnan Khashoggi, quien en lugar de reinvertir o ahorrar el primer millón de dólares que ganó lo gastó en dar una fiesta por todo lo alto. Imagino que así compraría prestigio social y atraería a toda esa retahíla de adictos al materialismo. En fin, esta gente no conoce eso que siempre decía tu abuela de que «no es más rico quien más tiene, sino quien menos necesita».

Tendré que armarme de valor si quiero ser de verdad un buen amigo e intentar que Juan recupere, aunque sea un poquito, su viejo yo.

Su falta de interés por la gente se hace todavía más latente con Allegra, su actual pareja. Antes Juan siempre se mostraba cariñoso y atento con sus chicas. Si lo vieras con Allegra, te llevarías las manos a la cabeza…

Ella es del mismo entorno que Juan, pero es una mujer estupenda, una rara avis entre esa gente. Tiene los mismos ademanes sociales que Juan, las mismas conversaciones, parece tener el mismo envase, pero el contenido es diferente. Hoy he pasado casi todo el día con ella y, sinceramente, me ha sorprendido. La he acompañado a un anticuario para que catalogaran unas piezas muy peculiares, pero eso te lo cuento ahora con más detalle. El caso es que hoy hemos paseado por todo Londres y me he dado cuenta de que hacía tiempo que no disfrutaba de una compañía femenina que no fuera la tuya.

Juan no parece darse cuenta de lo afortunado que es

al tenerla a su lado. Por lo que ella me ha dado a entender hoy, está cansada de estar con alguien que la tiene tan poco en cuenta.

Volviendo a las piezas del anticuario, aquí viene lo más interesante. ¡Te vas a quedar boquiabierta! Allegra ha heredado de su padre un par de figuras de porcelana chinas exactamente iguales a las que compró la abuela en El Cairo junto con el cuadro del caballero chino. Ha sido una coincidencia increíble, no hay duda de que la procedencia de las piezas es la misma. Esto es lo que me imagino que habrá pasado:

Hace cientos de años, en la remota China, un artesano realiza unas piezas de porcelana, probablemente por encargo de un rico mercader, quien también manda hacerse un retrato. Dicho retrato no parece tener valor artístico, es más testimonial o documental que otra cosa. El artesano de la porcelana no es un gran pintor, aunque sí se trata de alguien diestro con los pinceles. Claramente, las figuras y el cuadro permanecen unidos durante muchos años en alguna vitrina, pasando de familia en familia, hasta que llegan a las manos del rey Faruq y después a las de la abuela, para finalmente separarse de nuevo y reencontrarse en una pequeña tienda de Londres.

¿Qué probabilidades hay de que eso ocurra? Creo que todavía no he asimilado del todo esta casualidad tan sorprendente.

Mr. Wong, el anticuario al que acudí con Allegra, no dijo nada al respecto, la historia me la he inventado yo. No obstante, mi instinto me dice que tienen un valor histórico especial o que podrían estar relacionadas con algo que las hace únicas. He dejado las fotos del cuadro del caballero chino con Mr. Wong para que las examine. Me ha dicho que en un par de días me dará una respuesta.

Como ves, estoy inmerso en toda una aventura. Sin embargo, eso no me impide pensar en mi querida hija con frecuencia. Escríbeme pronto, por favor, y dime qué tal va todo y si lo pasas bien en la playa con la tía. ¡Te echo mucho de menos, cielo!

Un beso,

Papá

Dejé el ordenador encendido y aguardé un rato por si María me contestaba, pero no debía de estar conectada en ese momento.

También tenía la esperanza de que sonase el móvil, no sé si porque deseaba que mi hija me llamase o porque Allegra había prometido llevarme a cenar. Pero ya era tarde y supuse que ninguna de las dos se pondría en contacto conmigo a esas horas.

Un fuerte portazo en el piso de abajo me sacó de mi ensueño.

—¿Juan? —llamé—. ¿Eres tú?

Nadie me respondió. Me levanté y salí de la habitación hacia las escaleras.

—Juan, ¿eres tú? —repetí elevando el tono de voz.

—Sí, coño, Alberto, soy yo. ¿Quién si no? —me preguntó de malos modos.

Me asomé a las escaleras y vi a mi amigo sentándose en el despacho que tenía en el amplio salón de abajo.

—Juan, ¿qué te pasa? —pregunté extrañado—. Acabas de llegar y ya estás de mala uva.

—Lo siento, no es culpa tuya. Es por el lío este en el que estoy metido...

Cogió el móvil y se insertó el pinganillo en la oreja. Levantó el dedo índice hacia el techo, como indicándome que sería un minuto.

—Gianmario... Perdona, ¿está Gianmario? Soy Juan. Alan, ¿eres Alan? ¿Dónde demonios está Gianmario? ¡Vale, joder, le llamo al móvil! —Juan estaba prácticamente fuera de sí. Buscó otro número en su agenda y volvió a hablar—. Gianmario, soy Juan. ¿Qué haces que no estás en la oficina?... No, hombre, no te he llamado porque no he podido, he estado al teléfono todo el rato... No deberías haberte marchado de la oficina, te lo advertí... Mira, lamento que sea el cumpleaños de tu mujer, de verdad, pero esto es muy importante. Estamos entre la espada y la pared. La operación se nos está yendo de las manos y necesito toda la pólvora necesaria... Llama a tu mujer y dile que ya lo celebraréis en otra ocasión. Mándale unas flores, mañana te estiras y le compras una joyita, y asunto solucionado. El trabajo es lo primero en estas circunstancias. Dile al taxista que dé la vuelta, regresas a la oficina y punto... Llámame desde allí... Sí, vale... Lo siento. *Ciao.*

Juan colgó el teléfono y movió la cabeza de un lado a otro con expresión desesperada.

—Estamos en medio de la operación más importante del año y el imbécil este decide irse a cenar con su mujer justo en el momento en que necesitamos poner toda la carne en el asador. La verdad es que este tío no tiene las prioridades bien ordenadas. Ya hablaré con él cuando pase todo esto... Este tío no tiene futuro en el banco...

Parecía hablar consigo mismo, ajeno a mi presencia. La escena no me hizo mucha gracia. No conocía a Gianmario, pero el tipo me dio pena. Me lo imaginaba en el taxi lleno de ilusión por celebrar el cumpleaños de su mujer, a quien probablemente hacía tiempo que no veía por haber estado encerrado en la oficina durante varios días, para que luego su jefe le llamase y lo pusiese de vuelta y media.

—Juan, qué quieres que te diga, tío. A este pobre hombre lo vas a matar a trabajar, dale un respiro.

—¿A matar? ¿Cómo que a matar? Este chaval es un privilegiado. Trabaja conmigo en uno de los mayores bancos de inversión del mundo. Tiene la suerte de participar en la operación de OPA defensiva más interesante de los últimos tiempos. Estamos asesorando a una empresa china, coño. ¿Tú sabes lo que es eso? Si conseguimos que salga bien, nos convertiríamos en el banco dominante en China en materia de defensa anti-OPA, ¡la visibilidad que ello nos proporcionaría sería brutal! Este es uno de esos momentos que definen la trayectoria de un banco y de un banquero... En ese caso el banquero soy yo... y el Gianmario este tiene la suerte de estar en medio. Así que ya puede ir poniéndose las pilas. Lo primero es el curro y luego lo demás. A su mujer no le pasará nada por esperar.

En cambio, si esto sale mal, a todos nos cortarán el cuello. Perderíamos la defensa, el cliente y yo haría el ridículo total. Sería el hazmerreír del banco y nunca me harían socio. En esta operación está hasta nuestro presidente, quien por cierto me ha dejado varios mensajes en el buzón de voz. Así que si el chaval este quiere triunfar aquí, tiene que pensar en lo que hay que pensar y olvidarse de lo demás. Ya tendrá tiempo de cenar con su mujer. Además, tengo una cola de tíos que no tienen vida y lo único que quieren es que les dé responsabilidad. Alberto, aquí no te puedes dormir, y si te duermes, te adelantan por todos lados y luego no levantas cabeza…Vaya día llevo… —prosiguió—. La reunión ha sido un fracaso y la operación en la que estoy trabajando se tambalea. Y a todo esto Allegra se ha puesto de un pesado… Estoy atendiendo llamadas importantísimas después de la reunión y la tía me empieza a llamar al móvil. Una y otra vez. Yo colgando y ella insistiendo, cuando sabía de sobra que si no lo cogía era porque estaba ocupado. Al final la he atendido porque pensaba que le pasaba algo, y resulta que lo único que quería contarme era la chorrada esa del anticuario chino. Obviamente, la he mandado a tomar por culo. Así que, como ves, llevo un día muy difícil.

Me miró fijamente. Qué lejos estaba ese individuo del Juan que yo había conocido. No solo se había contagiado del ambiente pijo y materialista de su entorno, sino que además se estaba convirtiendo en una especie de monstruo que me daba algo de miedo. Sus palabras acerca de Allegra me resultaron no solo injustas, sino también violentas. El desprecio era total, no había un atisbo de cariño en su tono.

—En todo caso, Alberto —continuó—, tú nunca lo entenderías. Por cierto, he traído comida india del *curry house* de la esquina. Tengo para dos. ¿Quieres que cenemos juntos o tienes plan? —Lanzó unas carcajadas irónicas—. Bueno, plan no creo que tengas, ¿no? Venga, abre los paquetes y nos comemos esto. Yo mientras voy a por una botellita de ginebra para rebajarnos el picante.

Se dirigió al bar y sacó una botella azul de Bombay Sapphire. Llenó excesivamente nuestras copas y rebajó la ginebra con unos hielos y un poco de tónica.

—Aquí está la combinación más acertada. *East meets West!* La comida india con el colonialismo británico...

Yo continuaba observándolo como si fuese un invitado de piedra. Juan parecía estar hablando solo y sus movimientos eran los de un autómata acostumbrado a un público que siempre lo escuchaba sin intervenir.

—Pues eso, tío... ¿Sabes que Inglaterra es el país del mundo donde más se come curry? Mucho más que en la India. Aquí el plan de juerga es emborracharte en el pub y luego engullir un buen curry picante antes de dormir la mona.

Terminó su vaso de ginebra antes siquiera de sentarnos a cenar, bajo la atenta mirada de *Pascualín*, quien presidía el salón de la casa.

—Juan, tío, para ya. No bebas tanto. Estás estresado, no has descansado, te has peleado con tu novia...

Juan me interrumpió.

—¿Novia? ¿Qué novia, Alberto? Allegra es otra más. Además, hoy lo he dejado con ella. Ya era hora, tenía que haberlo hecho antes. Hace tiempo que lo mío con ese yogurcito había caducado —exclamó con sarcasmo.

Su tono y sus comentarios alteraron el equilibrio que había encontrado minutos antes, mientras escribía un *e-mail* a María. Este no era el Juan que yo conocía, quería y recordaba. Era un ser egoísta, dominado por sus pasiones y caprichos.

—A ver si te enteras, Albertito, ella estaba conmigo por mi dinero y por mi éxito, como todas. Así funcionan las cosas.

—Juan, no me gusta cómo hablas de ti ni cómo tratas a las mujeres. Allegra no busca eso en ti, te lo aseguro. La verdad es que no entiendo cómo te ha aguantado hasta ahora. Ella es una mujer sensible, triunfadora y con prestigio. ¿Por qué crees que te necesita tanto?

—No seas hipócrita, Alberto. Estamos en una sociedad mercantil. Todo se compra y se vende. Cuanto más éxito tienes, más te suena el teléfono y más amigos tienes. Los que te llaman y te invitan son cada vez más importantes, por lo que tu prestigio aumenta y al final te das cuenta de que eres uno de ellos. En ese momento «has llegado». A mí solo me falta un poco más de pasta para que me respeten de verdad… Eso es, un poco más de pasta y ya está…

Sus palabras me hirieron, pero Juan volvió a reírse

con carcajadas forzadas, echando la cabeza hacia atrás y cerrando los ojos. La falta de respeto era tan latente que se me calentó la sangre y levanté la voz.

—Juan, eres un gilipollas, ¿qué te pasa? Nunca has hablado así de la gente.

—¿Pero quién te has creído que eres, Alberto? ¿Te crees que estás por encima de los demás? Mírate, eres un intelectual fracasado. ¿Cuánto ganas? ¿Quién te respeta, quién te llama, quién te invita, a quién le das miedo? A nadie, amigo mío. A causa de tu falta de ambición, te has convertido en un *loser*, un perdedor.

Su discurso me dejó perplejo, pero me resultó tan miserable que incluso sentí lástima por él. Si no me levanté fue por el cariño que aún tenía a ese despojo que antaño había sido mi amigo.

Juan me miró fijamente. Cogió el vaso de ginebra que había vuelto a llenar y de nuevo terminó su contenido de un trago. Levantó el dedo y señalando a *Pascualín*, es decir, la foto de Helmut Newton, continuó:

—Son todas un gran sexo y nada más. Son nuestro gran hermano... Nos vigilan, evalúan nuestras posibilidades de triunfo y siempre se van con el que más dinero tiene... —Volvió a reír y sus carcajadas resonaron en mi cabeza como si estuviera inmerso en una pesadilla.

Pareció entristecerse. Dio vueltas al vaso de ginebra, posó su mirada en el fondo de este y dijo con tristeza:

—Todas iguales... Y todas al alcance del dinero, como en esa foto.

Juan estaba borracho; tenía ojeras, la mirada perdida y su pelo estaba revuelto. Se había embrutecido, como si se hubiera transformado en la caricatura de un ser humano.

—Juan, tío, estás borracho. Paso de discutir contigo —dije al tiempo que me levantaba de mi asiento para abandonar una conversación que ya estaba muerta.

Me sentía muy incómodo y solo pensaba en regresar a Madrid lo antes posible. Esta discusión con Juan no parecía tener solución, por lo que no merecía la pena quedarse e intentar resolver nuestras diferencias. Siempre habíamos tenido puntos de vista distintos, pero nunca hasta ese extremo.

Pero él me sujetó de un brazo para impedir que me fuese.

—¿Qué pasa, tío? ¿Te jode que hable así de Allegra? ¿Por qué te preocupa tanto esa tía, es que te pone? ¿Llevas unos días de amiguito de mi chica y ya quieres acostarte con ella? —preguntó con agresividad.

No supe si su intención era herirme a mí o hacerse daño a sí mismo.

—Juan, eres un hijo de puta. Me voy.

Me alejé rápidamente, sin mirar atrás.

—Alberto, no te vayas, tío. Lo siento, no sé lo que digo —me dijo poniéndose delante de mí para bloquearme el paso, con el rostro desencajado.

Rompió a llorar. No eran sollozos, sino lágrimas que recorrían sus mejillas como si brotasen del Juan que llevaba dentro, ese de toda la vida, capturado dentro del cuerpo atormentado del Juan de ahora.

Al oír sus palabras me detuve. Se quedó en silencio y de repente prosiguió, como si se tratara de una confesión.

—Estoy hundido —dijo—. Mi vida depende de esta transacción. Estoy endeudado hasta las cejas. He comprado acciones a crédito de esta empresa china que estamos defendiendo.

Me quedé boquiabierto.

—Pero, Juan, eso no es legal, ¿no? Tengo entendido que quienes asesoran en este tipo de operaciones no pueden invertir en acciones de sus clientes por tener acceso a información confidencial, ¿o acaso me equivoco?

—No, no te equivocas. Toda la operación la ha montado el Sr. Xiao, el dueño de la empresa que defiendo. El tipo ha creado una sociedad y ha invitado a sus amigos millonarios a invertir. Para esta gente esta inversión es un mero divertimento, pero para mí se trata de una cantidad importantísima. Nos dijo que todos nos forraríamos y me prestó el dinero sin intereses. ¿Qué daño puede hacer eso, Alberto? Simplemente compro acciones de mi cliente, con lo que demuestro que creo en el proyecto. En cierto modo me sentí obligado a hacerlo para quedar bien con él.

—Juan, ese no es el tema. Te ha atrapado en sus redes y has hecho algo ilegal. ¡Puedes acabar en la cárcel!

—Eso casi que es lo de menos, tío... Si los italianos compran la empresa, únicamente recuperaré un porcentaje de lo que pagué por esas acciones. Le deberé una fortuna al Sr. Xiao. Además, la operación de defensa anti-OPA se irá al carajo, no me harán socio y mi bonus será de risa. Necesito que no salga esta operación gracias a nuestra labor defensiva, aunque sea sucia. Necesito que la empresa tenga el tiempo de anunciar el nuevo medicamento y que las acciones multipliquen su valor. Así pagaré a mi peligroso acreedor, me sacaré unos millones de euros y me harán socio. Eso es lo que necesito, Alberto, y no tus sermones...

En ese momento sonó su móvil. Juan contestó la llamada a toda velocidad. Era Gianmario, claro. Había suspendido la cena y parecía estar pidiendo perdón a su jefe por querer tener una vida normal. Yo me levanté y me fui dormir. Al retirarme oí a Juan decirle al pobre analista que «al banco había que venir llorado» y que si tenía alguna queja que se fuera a su casa, pero que no volviera.

Había sido un día largo y lleno de emociones para un simple profesor de universidad algo depresivo pero, al fin y al cabo, un tipo normal.

CAPÍTULO XII

A LA MAÑANA SIGUIENTE me desperté con un gran dolor de cabeza. Mi cerebro parecía no tener sitio suficiente y la luz me hacía daño, pero nada me dolía tanto como el alma. Mi pelea con Juan la noche anterior había evidenciado el cambio de mi amigo de forma aterradora. Pensé en levantarme y llamar a María para contarle lo ocurrido, pero me pareció injusto influir en el cariño que ella sentía hacia su tío, bastante había malmetido contra él ya en mi correo electrónico. No sé por qué, pero la recordé de niña, con esa carita de desilusión que puso cuando se enteró de que los Reyes Magos, Papá Noel y el Ratoncito Pérez no existían. Que siguiera creyendo en el tío Juan y que este continuase siendo su amor platónico qué más daba. Además, ella misma se daría cuenta de todo cuando viese la brecha que se había abierto entre él y yo.

Remoloneé en la cama hasta que se me pasó el dolor de cabeza. Además, así evité encontrarme con Juan. Supuse que no había muchas posibilidades de hacerlo, pues habría madrugado para ir a la oficina. Finalmente, me dirigí a la cocina con la idea de tomar un zumo de naranja y ver si había moros en la costa. Sobre la mesa había un sobre de color crema con el anagrama del banco en el que trabajaba Juan. Tenía mi nombre escrito. En su interior había una tarjeta que rezaba: «Voy a estar fuera un par de días, a la vuelta no quiero encontrarte en casa, creo que lo mejor es que te vayas».

Me quedé petrificado, aunque al mismo tiempo experimenté una sensación de alivio, puesto que me había ahorrado el tener que abandonar la casa por iniciativa propia. Estaba claro que Juan no podía soportar que yo conociera los nuevos y perversos principios que regían su vida. Tenerme en ella hubiera supuesto un recordatorio constante de aquello en lo que se había convertido.

Aturdido, me di una ducha y salí a la calle a tomar un café para despejarme. Al pasar por el quiosco de la esquina para comprar la prensa española, la cual afortunadamente se vende el mismo día en Londres, mis ojos se detuvieron en la portada del *Tatler*, que mostraba una guapísima modelo. Me sonrojé al percatarme de que se trataba de Natacha, la superficial devoradora de hombres rusa con la que había cenado el otro día junto con Juan y Allegra. Me sorprendió pensar que había pasado una velada con una verdadera *top-model* y sentí ganas de contárselo a alguien para disfrutar de un efímero minuto de gloria. Natacha estaba verdaderamente atractiva. Llevaba una camisa larga que dejaba al descubierto sus impresionantes piernas y un pronunciado escote. Dejé de fijarme en la foto cuando caí en la cuenta de que en esa edición habría una columna de Allegra. Este pensamiento me llenó de alborozo, y en un rapto de ilusión infantil compré la revista, olvidando pedir la prensa española. Me senté en la primera cafetería que encontré, pedí un capuchino y un par de *bagels*, y empecé a buscar con algo de ansia la ubicación del artículo. No había leído una revista de ese tipo desde los tiempos en que Casilda las compraba. Suponían todo un reto para cualquier persona ajena a esas publicaciones. Para empezar, uno debía pasar casi cincuenta páginas de anuncios de moda femenina —colonias, accesorios, ropa íntima— antes de encontrar el índice de contenidos. Cuando finalmente dabas con él, este únicamente mostraba dos o tres pinceladas de los reportajes especiales de la edición, por lo que no servía como guía efectiva para navegar entre sus páginas. Tras otra treintena de páginas de anuncios salpicados con algún que otro contenido no publicitario y quince minutos inspeccionando la revista, logré dar con la columna de Allegra. Estaba casi al principio del inicio de los contenidos serios de la revista, con lo que deduje que debía ser un peso pesado de la redacción, o por lo menos un contenido de alto valor añadido para la publicación. La foto de Allegra era un retrato en blanco y negro que la mostraba con las manos cruzadas bajo su barbilla, resaltando con ese gesto no solo su belleza, sino también su inteligencia.

Repasé el contenido del artículo, al principio con interés, aunque poco a poco me fui aburriendo, ya que el tema no me interesaba en absoluto. De repente, me sobresalté. Tras un análisis concienzudo de los méritos de la colección de Miuccia Prada para el año 2008 y una crítica mordaz de los espectadores del desfile, aparecía algo que llamó mi atención:

«… pero Prada no es el único consuelo de una londinense. Decía García Márquez que la vida no es sino una continua sucesión de oportunidades para sobrevivir. Pues yo estoy sobreviviendo a un amor roto gracias a las oportunidades que el destino me está brindando. En el amor se dan todos estos males: injurias, sospechas, treguas, guerra y la paz de nuevo. Yo la paz ya la he encontrado, es el final de la guerra. Es una paz que estaba esperándome y que se llama libertad. Pero basta de sacar mi ropa sucia y lavarla delante de todos vosotros…

Ayer se me brindó una de esas raras oportunidades de ver las vueltas que da la vida. Es increíble ver cómo una flecha deja el arco para vagar perdida en el universo y terminar clavándose exactamente en la diana a la que estaba destinada.

Resulta que un nuevo amigo, un apuesto y caballeroso profesor español, es parte de la trama de esta madeja. Don Alberto es viudo, y heredó de su mujer una interesante pintura china. Pero déjenme que les cuente antes algo sobre el arte tradicional chino. Se trata de una de las formas más extraordinarias de expresión. Sus orígenes se remontan a las más tempranas épocas de la historia de China, y estoy hablando de antes de Cristo. La primera época fue la edad de oro de las figuras humanas. Más adelante, el paisaje y las pinturas que representaban flores y pájaros comenzaron a ganar importancia. Los cuadros sobre la naturaleza nos permiten evadirnos de los sinsabores de este mundo y penetrar en el reino de la paz y la tranquilidad.

Durante las dinastías Tang y Song (920-1279), el estilo tendía a ser elaborado y vistoso, y tenía fines educativos y políticos. Esta fue una época de máximo esplendor.

El grado de realismo de la pintura china ha sido fuente de frecuentes debates. No trata de reflejar el objeto tal y como lo captan los sentidos, sino que más bien trata de expresar de forma subjetiva lo que se esconde tras la apariencia de las cosas. El elemento principal de este arte es la línea, rasgo que comparte con la caligrafía, lo cual ha conducido a que ambas artes hayan estado estrechamente ligadas desde su origen. De hecho, los hombres de letras que se dedicaban a la pintura trataban intencionadamente de reafirmar más aún los lazos entre la caligrafía y la pintura, por lo que se volcaron en una tendencia que aunaba ambas disciplinas. Así surgió la intensa relación entre la poesía y la pintura.

Pero basta de explicaciones sobre arte. La pintura de mi querido caballero español fue adquirida en Egipto por la abuela de su difunta mujer, que era en esos momentos embajadora de España en El Cairo. El cuadro formaba parte de un lote en el cual iban incluidas unas maravillosas figuras de porcelana de unas aves levantando el vuelo y dejando las suaves marcas del batir de sus alas en la nieve. Con el tiempo, la familia puso esas figuras en venta y, casualidades de la vida, su comprador resultó ser mi padre, quien me las dejó en herencia al fallecer.

Así, transcurrido casi un siglo, las piezas vuelven a reunirse después de haber pasado por El Cairo, Madrid y Londres... ¡Y quién sabe si algún sitio más!»

Saber que a Allegra también la había emocionado la coincidencia me animó, pero mi humor volvió a decaer cuando recordé mi situación. Tenía que irme de casa de Juan, pero no sabía adónde. En ese momento sonó mi móvil —el móvil que me había dado Juan, para ser más exactos— y volví a la realidad al escuchar la voz de Allegra.

—Querido Alberto, buenos días —dijo dulcemente—, ¿cómo estás?

—Allegra... —titubeé un momento y proseguí—: Creo que ayer pasaste un mal rato, Juan me habló de vuestra discusión.

—Cariño —respondió con tono tranquilo—, Juan me ha hecho mucho daño, pero no por lo de ayer. Esto ya estaba muerto, pero como Juan andaba siempre de viaje y regresaba tan necesitado de cariño, acabábamos posponiendo una conversación necesaria. Yo misma estaba siendo un poco cobarde, hace ya mucho que no nos acostamos, y si eso no es un síntoma de que algo está acabado, no sé qué podría serlo.

Me quedé callado, no sabía qué decir ante esta avalancha de confidencias.

—Alberto, ¿estás ahí? —preguntó ella.

—Sí, Allegra, perdona, me has dejado sin palabras; ahora veo que todo era una ficción.

—Sí, una triste ficción…

—Allegra, Juan y yo tuvimos una pelea muy gorda ayer, me ha echado de su casa. Claro que, si él no lo hubiera hecho, me habría ido yo igualmente. Este no es mi amigo Juan; está irreconocible. Me vuelvo a Madrid…

Allegra no me dejó terminar:

—Tonterías, Alberto, no te puedes ir ahora.

—Nada me ata aquí, Allegra…

Ella se quedó callada y yo me pregunté si la habría molestado que dijera eso.

—Bueno —prosiguió ella—, nada te ata todavía, pero tenemos que ir a la tienda de Mr. Wong para que nos dé su veredicto sobre las figuras… Y, además, aún no conoces Devonshire ni el resto de la colección de mi padre… Alberto, quédate, aunque solo sea por… —tragó saliva— por mí, Alberto…

Sus palabras me sorprendieron y noté que mi corazón daba un vuelco.

—Bueno, suena tentador, me puedo quedar unos días, voy a buscar un hotel…

—Alberto, no seas bobo, nos vamos al campo. Haz las maletas, te pasaré a buscar en un par de horas. Ya ha terminado la London Fashion Week, y acaba de salir mi artículo…

—Ya lo he leído —interrumpí. Enseguida me azoré ante el entusiasmo que había mostrado.

Allegra rió.

—Vaya, debes de haber sido mi primer lector del día. Te veo en un rato. *Bye*, cariño.

Colgué el teléfono y salí de la cafetería con energías renovadas. Parecía como si nada malo hubiera pasado, como si el castillo de naipes recién desmoronado no tuviera tanta importancia. Acababa de romper una amistad antigua, pero me sentía más feliz que en mucho tiempo.

CAPÍTULO XIII

ALLEGRA PASÓ A BUSCARME en un precioso *Jaguar* descapotable de color granate, un modelo clásico de los años sesenta de líneas curvas y depuradas, y un gran morro que sobresalía hacia el horizonte transmitiendo una sensación de poderío y sensualidad. Me resultó un coche más típico de un coleccionista caprichoso que de una mujer, por lo que supuse que habría pertenecido a su familia.

El sol lucía con una intensidad poco usual en Londres, lo cual hacía que el descapotable brillase aún más. Era como si nos encontrásemos en otra ciudad. La gente se había lanzado a las calles, los parques estaban llenos y por cualquier rincón o terraza podían verse mujeres en bikini que tomaban el sol. Todo el mundo parecía más alegre, como si hubiesen recibido una dosis de vitamina D que necesitaran a toda costa.

Por su parte, Allegra no parecía haber tomado el sol en su vida. Su piel estaba extremadamente pálida, con el aspecto frágil del nácar. Sentada al volante de ese coche tan llamativo, parecía una moderna Isadora Duncan. Llevaba una gorra militar raída por el uso, unas grandes gafas de sol y un largo pañuelo de seda al cuello. Cuando arrancó el motor, miré por última vez hacia la casa de Juan, dejando atrás el triste final de una buena amistad. Sentí como si una gran lápida hubiera caído sobre mis recuerdos. Pero el muerto no era yo. Yo era el vivo, que miraba hacia la tumba desde las alturas del ras de suelo.

Allegra y yo nos sonreímos, pero no iniciamos una conversación enseguida. Permanecimos en silencio hasta que abandonamos Londres por la M-5. Estábamos disfrutando del momento, del día y de la complicidad de no «tener» que hablar para rellenar momentos. Finalmente, Allegra me preguntó:

—¿Recogiste mis cosas, tal y como te pedí? No quiero tener que pasar nunca más por casa de Juan, ni mucho menos verle la cara.

—Sí, a ver... —Rebusqué en mi mochila—. Había unos libros, una caja de pinturas y algo de ropa. Me sorprende que tuvieras tan pocas cosas allí.

—Tienes razón. Supongo que eso demuestra que en realidad nunca me quise comprometer. Jamás me sentí verdaderamente a gusto en la casa de Juan, me parecía más bien un hotel, algo allí me impedía echar raíces. ¿Y qué me dices de la foto que tiene en el salón? ¡Buf! —Allegra esbozó una mueca de disgusto.

—Ah, es verdad... —Sonreí—. ¡Mi querido *Pascualín*!

—*¡Pascualín!* —exclamó Allegra y se rió extrañada—. Explícame eso, por favor.

Así lo hice, abriéndome camino entre sus carcajadas. Después hablamos de la decoración de la casa de Juan, criticando su impersonalidad con el ardor que nos provocaba el rencor que ambos sentíamos hacia mi antiguo amigo. Nuestra conversación acabó derivando a otros temas.

—No hay que renunciar al pasado, como ha hecho Juan, para estar a la última —opinó Allegra—. Lo mismo ocurre en la política. Aquí tenemos a los laboristas y a los conservadores. En tu país, a los socialistas y a los populares. Es la lucha entre el llamado progresismo y el conservadurismo. Personalmente, creo que todos somos conservadores. Nos gustan nuestras raíces, nuestras costumbres, nuestro estilo de vida. Y por eso luchamos como especie, por la supervivencia gracias a lo que somos y hemos aprendido. Y sobre lo que somos aprendemos a evolucionar, a construir sobre nuestros cimientos para hacernos más fuertes. Por eso es fundamental tener unos principios morales y culturales fuertes.

—Vaya, Allegra, me sorprendes. ¿No crees que los conservadores son un poco carcas? Una mujer periodista, tan inteligente, guapa y moderna como tú, en España sería de izquierdas.

—Ese es el problema, Alberto, los tópicos. Yo no soy ni conservadora, ni progresista. Soy una persona que cree en el pasado y en nuestro patrimonio cultural. Nuestros valores son los principios sobre los que debemos construir el futuro para poder evolucionar hacia algo mejor. Ahí radica la diferencia: es la «evolución» contra la «revolución», el conservadurismo contra la progresía. Los conservadores buscamos evolucionar a nivel particular y con ello hacer evolucionar a la sociedad. En cambio, la progresía de izquierdas está basada en la revolución, es decir, en la imposición por la fuerza de mi progreso sobre el tuyo. Es la fuerza que obliga a los demás a adoptar mis pensamientos, y dejar los tuyos. Ahí entra en juego la propaganda.

De alguna manera, el hecho de que Allegra tuviese unas convicciones tan cimentadas me agradó, pues era un elemento más que había descubierto en su personalidad, la cual no cesaba de sorprenderme.

Nos habíamos puesto demasiado serios hablando de política. Allegra pareció darse cuenta y comentó en tono de broma:

—Por cierto, querido, ¿te has dado cuenta de la pinta que llevas? ¡Pero si pareces recién salido de una película de los ochenta!

Miré mi ropa y me sentí avergonzado.

—Perdona, no me he parado a pensar que vamos a un sitio muy respetable...

—No te preocupes, pasaremos por la habitación de Shane para equiparte con algo más *adhoc* que esas zapatillas de deporte blancas prehistóricas, esos vaqueros y el polo que llevas. ¡Si no fuera por mí! Además de salvar al mundo de la turba progre, tengo que enseñarles a vestir…

El sonido de su móvil acabó con las bromas. Me pidió que le acercase el auricular del teléfono y se lo puso al oído.

—*Hello?* Ah, hola, Juan… —Su rostro se ensombreció—. Sí, ya me he llevado todas mis cosas… ¿Estás en Shanghái? Ya veo… —Parecía que no le importaba nada lo que Juan le estaba contando y que proseguía la conversación por mera cortesía. Se mordía el labio inferior mientras escuchaba la voz de su ex pareja al otro lado del mundo—. ¿Que has leído el artículo?… Lo siento, me da igual lo que pienses, Juan… ¿Las figuras? —Se volvió hacia mí encogiendo los hombros—. ¿Pero qué interés pueden tener para ti o para tu cliente? Creo que no es una buena idea… No, Juan, no insistas… No quiero seguir esta conversación, me parece estúpida… No te preocupes, dejaré las llaves a la chica de la limpieza para que te las entregue.

Retiró el auricular del oído y me lo pasó bruscamente.

—*Dickhead!* —exclamó.

—¿Qué ha pasado? —le pregunté mientras posaba una mano sobre su hombro para mostrarle mi apoyo.

—Menudo impresentable… —Allegra estaba furiosa, pero se recompuso para continuar hablando—. Fíjate qué extraño lo que me ha contado. Resulta que al ir a ver a su cliente de Shanghái, el Sr. Xiao, lo primero que se ha encontrado encima de su mesa ha sido un ejemplar de *Tatler*, la revista para la que escribo.

No solo eso, sino que el hombre ha abierto la conversación hablando precisamente de mi artículo.

—¡Qué me dices! —exclamé sorprendido.

—Lo que oyes. Recordarás que mi texto contenía referencias a mi relación con Juan. Pretendía darle un tono de *chick lit*, ya sabes, literatura para mujeres estilo *Los diarios de Bridget Jones*. Pese a que, por supuesto, no di ningún nombre, el Sr. Xiao le ha preguntado a Juan si lo ha dejado con su novia, imagínate la cara que ha tenido que poner él, con lo poco que le gusta airear su vida privada o mostrar debilidad sentimental. —Allegra rió con malicia—. Pero lo curioso es que todo esto me lo ha contado de pasada, está claro que no era el motivo de su llamada, en todo caso esa hubiera sido una razón más para no querer hablar conmigo en su vida. De lo que realmente quería hablar Juan era de las figuras…

—¿De nuestras figuras chinas?

—Sí, ¿te lo puedes creer? Parece ser que el Sr. Xiao lo ha acribillado a preguntas sobre las mismas. Por lo visto, este hombre es un nacionalista exacerbado que se está gastando una fortuna en adquirir arte chino. Tanto arte moderno de artistas como Yan-Pei Ming como arte tradicional. Es muy famoso en Oriente por sus grandes desembolsos.

—Me imagino que, después de tantos años sin recursos económicos en manos privadas, las ingentes cantidades de dinero acumuladas por algunos de los beneficiarios del comunismo capitalista deben de estar acaparando el mercado —razoné.

—Bueno, no solo los privados, también el sector público —respondió Allegra—. ¿Sabes que China planea abrir mil quinientos museos de arte nacional en los próximos años? Pero, bueno, volviendo al tema sorprendente, parece ser que el Sr. Xiao es un gran conocedor y, tal y como le sucedió a Mr. Wong, se ha mostrado fascinado por el hallazgo de las figuras y del chino del cuadro.

—Esto cada vez se pone más interesante —dije.

—Y el idiota de Juan estaba esforzándose por no estallar de rabia, intentando mostrarse amable conmigo, solo para obtener información acerca de las figuras con el fin de satisfacer a su cliente —me explicó Allegra indignada—. Pero yo le he insistido en que no quiero hablar más con él. Menudo impresentable... —repitió.

Pero la amargura de su rostro desapareció por completo cuando, al girar a la derecha, tomamos un serpenteado camino agrícola que parecía una cicatriz abierta en la piel verde del campo. Era la entrada de Mackinshire Manor. La estrecha carretera apenas asfaltada estaba acompañada de un muro de piedra recubierto de musgo. La campiña inglesa se abría ante nuestros ojos, ondeando como un mar en calma. Al final de la carretera se divisaba el Manor. Era de una belleza serena, como si hubiera nacido con el entorno, como las piedras que adornan las carreteras comarcales o las peñas que dominan las suaves montañas. Sus chimeneas echaban humo y delataban que esa parte del paisaje campestre estaba ocupada por el ser humano. Por lo demás, el equilibrio estético con la naturaleza era impresionante.

El vaivén emocional de los últimos días me tenía agotado. Al llegar cenamos algo rápido en la cocina y me retiré a mi lujosa habitación mientras Allegra se encargaba de la intendencia de la casa y repasaba junto al servicio los temas pendientes.

Me dormí, pues, escuchando la suave voz de Allegra.

CAPÍTULO XIV

UNA LUZ TENUE se filtraba por los resquicios de la ventana de mi habitación. Eché un vistazo a mi reloj de pulsera. Eran las ocho y cuarto, probablemente una hora tardía para los madrugadores británicos de la campiña. No obstante, remoloneé en la cama un poco más observando el bello paisaje a través del cristal del *bow-window*. Mi mirada se perdió en una inmensidad verde, un paisaje con muy poco desnivel, quizás alguna colina en la que pastaba un rebaño de ovejas lanudas. El sol se colaba entre las nubes bajas de la mañana, tímido pero puntual.

Investigué lo que me rodeaba desde mi cama, descubriendo perezosamente todo lo que la noche anterior, por el cansancio, no había tenido tiempo de apreciar. Era una estancia muy bien decorada al estilo campestre británico: telas de flores, maderas nobles y una gran chimenea de piedra. Los cuadros consistían en una divertida colección de retratos de perros en actitud humana, como si fueran jueces, pastores o damas de la alta sociedad inglesa. Encima de la chimenea reposaba un enorme bronce que retrataba a un jinete a caballo, acompañado de una jauría de perros a los pies. No había duda de que se trataba de la cacería del zorro, una interesantísima tradición que los laboristas británicos habían cercenado hacía unos años y que había sumido a miles de humildes gentes del campo en una crisis económica sin precedentes.

En la esquina había una enorme pantalla de televisión que le daba a la habitación apariencia de suite de hotel.

Sin embargo, hacía tiempo que no sabía lo que pasaba en el mundo, por lo que decidí encenderla y buscar algún canal de noticias. Me incorporé con el mando a distancia en la mano. Los primeros canales de la programación fueron los de la BBC, donde aparecían unos apuestos presentadores hablando del tiempo en un programa de variedades típico de los desayunos ingleses. Seguí machacando los botones, pasando de una inmundicia a otra hasta acabar finalmente en la CNN.

En esos momentos, un busto parlante diseccionaba la situación del mercado de valores en Oriente. La bolsa seguía bajando, como indicaba claramente un gráfico que se apreciaba en la pantalla. No sé por qué, ya que la bolsa jamás me ha interesado, pero decidí prestar atención al comunicador. Normalmente habría ido saltando de canal en canal hasta llegar a uno de deportes o de música. Pero, por alguna razón, quizás una premonición, decidí mantener el mando de la televisión inactivo por unos minutos. El presentador de las noticias se llevó los dedos de la mano derecha al auricular que tenía escondido en la oreja y del que recibía las órdenes del regidor del programa. Con una teatral seriedad, se excusó por tener que dejar de hablar del tema que estaba tratando y avisó de que había unas *breaking news* en el mercado. Inmediatamente hicieron una conexión vía satélite con un enviado especial en China, donde un periodista oriental de la cadena, hablando en perfecto americano y situándose delante de un enorme rascacielos, comentó con voz de primicia:

—Gracias, Harry, la noticia la acaba de confirmar el responsable de comunicación de Xiao Pharma. Según la nota que ha leído, la empresa china más importante del sector farmacéutico ha aceptado la oferta pública de adquisición planteada por su homóloga italiana. El consejo de administración acaba de declarar la OPA como amistosa y ha acordado darle todo su apoyo. La oferta de diez dólares por acción no parece muy generosa, ya que representa tan solo un 15% de prima sobre la cotización de los últimos tres meses. La acción de la empresa China había descendido casi un 80% en el último año, ante las dificultades que esta misma parecía encontrar para conseguir lanzar su producto estrella: el que podría haber sido el único rival de la italiana. La empresa controlada por nuestro amigo chino va a pasar sin ninguna duda a manos italianas. La OPA, en todo caso, debe llevar a cabo todos los pasos que los reguladores exigen para este tipo de operaciones. El Sr. Xiao ha comentado que la operación es mutuamente beneficiosa y que dota a la empresa italiana de la plataforma que le faltaba en el área farmacéutica con la que expandirse en toda Asia. Las acciones de Xiao Pharma han reaccionado con una subida del 14,5 %, situándose casi exactamente en los niveles que refleja la OPA. Desde Honk Kong, James Chan para CNN Asia.

Mi adormecido intelecto mañanero fue procesando la noticia con cuentagotas. El reputado empresario chino era el cliente al que actualmente asesoraba Juan y con el que tenía tantos problemas. El hecho de que hubiera aceptado la oferta de los italianos significaba que la defensa planteada por Juan había sido un auténtico fracaso. Pensé en la desesperación que tenía que estar sintiendo mi antiguo amigo ante ese fracaso profesional tan relevante. Esta reflexión me hizo dar un respingo e incorporarme rápidamente, pues de pronto me percaté de las consecuencias que todo esto tendría para él. Había aceptado dinero prestado del Sr. Xiao para comprar acciones de la empresa china y así expresar su compromiso con la misma, algo completamente ilegal. Pero lo que era aún peor, había realizado esas inversiones con dinero prestado cuando la cotización de la acción estaba a treinta y cinco dólares. Con la oferta de los italianos, los títulos se intercambiarían a diez dólares, una pérdida de más de un 70% del dinero que había recibido prestado. Juan podría estar abocado a la ruina total: ruina financiera por sus deudas, ruina profesional por la posible persecución de los reguladores, ruina moral por haber roto los códigos éticos de conducta y ruina personal por tener que enfrentarse a penas de encarcelamiento.

Salté de la cama y, tras ducharme, bajé corriendo las escaleras. Antes de llegar al comedor observé que Allegra estaba sentada en el conservatorio, disfrutando de una taza de té. El conservatorio es una estructura arquitectónica de cristal que permite tener vistas y disfrutar de la luz sin sufrir las inclemencias del tiempo. Se trata de un añadido estructural típicamente inglés. Toda casa británica de campo que se precie tiene un *winter garden*.

Allegra estaba resplandeciente y encantadora con su pelo rubio recogido en una cola de caballo, sus pantalones ceñidos de montar y su impoluta camisa blanca. Los rayos del sol golpeaban su figura y dejaban transparentar ligeramente sus pechos a través del algodón de la camisa. Estaba sentada de cara al jardín hojeando el *Times*. En los pies yacían las diversas secciones del periódico ya leídas o descartadas. Creyendo que no se había dado cuenta de mi presencia, me permití observarla en silencio durante unos instantes, pero de pronto ella habló sin levantar la vista:

—Cariño, deja de espiarme y dame los buenos días.

—Buenos días —contesté ruborizándome—. No hace mucho que me he levantado, así que voy a desayunar algo si te parece bien.

—Menudo vago —dijo como quien regaña a un niño travieso—. Anda, tómate una taza de té conmigo. ¿Quieres un *scone*?

—Sí, por favor, estoy hambriento después de haber dormido estupendamente. ¡Muchas gracias! Lamento haberme despertado tan tarde. —Tomé un bollo de la bandeja que me tendía.

—Estos españolitos... ¡No sabéis madrugar! —exclamó fingiendo desespero—. Yo me he levantado a las seis de la madrugada y he ido a las cuadras a ver a mis caballos, he ensillado el mío y lo he preparado para salir a montar. Luego me he dado un gran paseo y aquí estoy, haciendo la primera pausa del día. En cambio tú —dijo meneando la cabeza con aire reprobatorio—, tú, mi querido gandul, te acabas de levantar y todavía no has movido un dedo. Pero, en fin, eres el invitado y aún tienes una serie de prerrogativas. No obstante, recuerda que estás en el campo. Aquí se descansa, pero también se trabaja.

—No te preocupes, que en cuanto desayune me pondré en marcha.

—Bueno, date prisa que quiero enseñarte la colección de arte de mi padre. Está justo en la parte opuesta de la casa. Nosotros ocupamos el ala izquierda de la casa, y la colección se encuentra en lo que antes era el salón principal, así como en la sala de baile, estancias que, como te puedes imaginar, ya no utilizamos en estos tiempos. Ya verás, te encantará.

Me senté a su lado y me serví una taza de humeante y delicioso té.

—Por cierto, no sabes lo que acabo de ver en la CNN hace una par de minutos. Me ha dejado sobrecogido.

—Vaya, vaya, con que estabas remoloneando en la cama mientras veías la tele... —Allegra sonrió.

—Sí, lo admito, soy un vago —respondí devolviéndole la sonrisa. Pero al recordar lo que iba a contarle mi ánimo volvió a ensombrecerse. Le expliqué la noticia que acababan de retransmitir.

A Allegra también le cambió la cara, no sé si por lo que habían dicho en la CNN o por el hecho de que hubiese sacado a Juan a relucir.

—Lo siento por Juan, era lo que le faltaba. Pero después de todo lo que ha pasado, no sé por qué te preocupas por él, la verdad. Yo, sinceramente, no quiero saber nada, por mí que se vaya al infierno —dijo Allegra con una frialdad algo fingida.

—Te entiendo, pero es que Juan está metido en un verdadero lío. No sé si debo contártelo, pero creo que eres la única persona con la que puedo compartir este secreto —respondí. Pasé a relatarle lo que me había contado Juan acerca de las acciones que había comprado al Sr. Xiao.

Allegra estaba boquiabierta.

—Pero eso es... es estúpido, corrupto y totalmente inmoral. ¡Puede ir a la cárcel!

Asentí con tristeza.

—Por eso no puedo dejar de pensar en ello. Al fin y al cabo, es mi amigo de toda la vida.

—Puedo parecerte de piedra, pero a mí el único sentimiento que me inspira es el de lástima —dijo Allegra tras tomar un sorbo de su té y pensar durante unos segundos—. Lo que me has contado confirma mis peores sospechas sobre él. Definitivamente, le ha podido la ambición. Esta es la sociedad en la que vivimos. No solo vale el éxito profesional y económico, sino que hay que tener trofeos. Probablemente yo era uno de estos, una joven pija de la sociedad londinense, algo que le permitía lucirse delante de los demás.

Allegra dejó caer la mirada al suelo, abatida. Alargué mi mano y tomé la suya. Se la apreté con ternura y sentí un escalofrío.

De pronto, se oyó un gran estruendo en la entrada de la casa. Allegra se dirigió allí a toda velocidad, seguida por mí. Cruzamos el recibidor y salimos a la calle. Un coche se alejaba a toda velocidad, hasta que finalmente desapareció serpenteando entre las curvas del camino.

—¡Miss Allegra! —Los dos nos volvimos y vimos salir al mayordomo tropezándose con los escalones, corriendo hacia nosotros como si lo persiguiera un perro enrabietado.

—¿Qué ha pasado, Francis?

—Miss… —intentó proseguir el buen hombre, pero el esfuerzo realizado para alcanzarnos lo había dejado sin aliento—. Han robado… —Volvió a coger aire inspirando profundamente. Su cara marcada por manchas rojas en la piel y su nariz prominente intentaban captar el mayor oxígeno posible para poder articular una frase completa.

—Tranquilo, Francis, respira y dime qué ha ocurrido.

—Miss Allegra, han huido, no he logrado darles alcance.

—¿De qué estás hablando, por el amor de Dios?

El mayordomo logró recobrar la compostura y se explicó.

—Me encontraba limpiando las ventanas exteriores de la colección de lord Christen cuando me di cuenta de que una de ellas estaba abierta, cosa muy extraña, pues debía de haber funcionado nuestro sistema de alarma, ya que, como usted sabe, todas las ventanas tienen sensores de vigilancia.

En ese preciso instante se irguió, y mirándome con un cierto aire de erudición me explicó:

—Los necesitamos no solo por si entran ladrones, sino por si algo rompiese los cristales, como, por ejemplo, una tormenta. De este modo evitamos que la colección corra peligro. La sala se mantiene a veintiún grados exactamente para que las condiciones de humedad y temperatura sean las ideales para la conservación de las obras. Pues bien, al percatarme de que la ventana estaba entreabierta, me dirigí inmediatamente a la central de alarmas de la casa para ver por qué no habían sonado los avisadores acústicos. Miré el panel de seguridad, y comprobé que el sistema estaba encendido y seguía conectado con las autoridades policiales locales, por lo tanto, parecía que había ocurrido un simple fallo electrónico del sistema interno. Llamé a la central de alarmas por teléfono y ellos, que tienen los medios para monitorizar el sistema de *software* que controla la vigilancia, me advirtieron de que alguien había penetrado en el sistema y lo había alterado. Era un caso de *hacking* muy sofisticado, me comentaron. Supuse entonces que teníamos ladrones en casa. Sin pensarlo un minuto les dije que avisaran a la policía del condado para que viniesen lo antes posible. Inmediatamente, sin esperar la llegada de la policía, me he dirigido a la sala de baile muy sigilosamente. Todo parecía en orden, pero cuando giré la esquina en dirección a la sección de porcelanas, me han asaltado golpeándome en la cabeza.

—¡Dios mío, Francis! ¿Se encuentra bien? —quiso saber Allegra, alarmada.

—No se preocupe —respondió el mayordomo algo henchido de orgullo—, como soy viejo han pensado que con un golpe tenía suficiente. Sin embargo, he fingido estar inconsciente hasta que han abandonado la sala. Con los ojos cerrados, les he escuchado inspeccionar todas las vitrinas de las porcelanas, pero no parecen haber encontrado lo que buscaban, por lo que han huido con las manos vacías. Parecían estar rabiosos por esta causa, pues antes de marcharse han roto un montón de cristales. Alguien los estaba esperando en un coche.

—Francis, ¿seguro que está bien? —Allegra se acercó al viejo mayordomo e inspeccionó su cabeza sujetándola con cariño—. No parece que tenga ninguna herida; sin embargo, vamos a llamar a un médico para cerciorarnos.

—Gracias, señora.

—Qué raro que no hayan robado nada, ¿no le parece? —le dije a Francis—. Tomarse el trabajo de realizar un ataque informático al sistema de seguridad para después irse con las manos vacías resulta de lo más extraño. Además del riesgo de entrar a robar por la mañana, a plena luz del día, en lugar de hacerlo por la noche, significa probablemente que algo les urgía... Si no hubieran atacado el *software*, habría pensado que son unos chapuzas, unos ladronzuelos de poca monta o unos gamberros de la zona.

—Tienes toda la razón, Alberto —asintió Allegra—. Parece que estaban buscando algo muy especial, y por lo que nos ha contado Francis, pensaban que se encontraba entre las piezas de porcelana.

La policía llegó poco tiempo después. Tomaron declaración a Francis mientras este era atendido por un médico del pueblo. Se notaba que el mayordomo estaba disfrutando de esos minutos de gloria que habían interrumpido la monotonía de su vida.

Entre las pesquisas de la policía, el inventario de la colección, las llamadas de rigor a las autoridades la evaluación y limpieza de los daños, se nos echó la tarde encima. Allegra, con más tranquilidad, aunque algo alterado su equilibrio natural, me enseñó la magnífica colección que lord Christen había reunido a lo largo de los años. Pasamos el resto de la tarde examinando cada una de las hermosas piezas, que ella me mostraba explicándome su origen y la forma en que había sido obtenida por su padre. Yo me esforzaba en impresionarla con mis conocimientos sobre cada pieza, escuela y dinastía. Fueron unas horas maravillosas, que pasaron volando y nos hicieron sentir como dos viejos amigos.

La oscuridad de la noche nos anunció la cercanía de la hora de cenar. Allegra me había insistido en que me arreglara, puesto que se trataba de una cena especial. Me dirigí a mi habitación para cambiarme, pero antes de hacerlo me recosté en la cama para organizar mis pensamientos. Enseguida me di cuenta de lo que estaba sintiendo. Por primera vez desde la muerte de Casilda, una mujer me hacía experimentar sensaciones que creía olvidadas. Mejor dicho, sensaciones que parecían atascadas, pues yo no permitía que aflorasen. Allegra me parecía una mujer bellísima y de personalidad fascinante. Además, tenía la sensación de que si Casilda se encontraba por alguna parte, transformada en una especie de ángel de la guarda, aprobaría mis sentimientos.

Alguien llamó a la puerta, interrumpiendo mis pensamientos. Se trataba de Francis, que me recordaba que la cena estaría lista en unos veinte minutos. Le di las gracias y me incorporé, decidido a causar una mejor impresión a Allegra en lo que se refería a mi ropa. Rebusqué en mi maleta. Por fortuna, había llevado conmigo los pantalones de franela que suelo meter en la maleta por si algún evento los requiere. También tenía una camisa blanca y unos zapatos de ante marrón. Tenía la sensación de acudir a una primera cita, puesto que sentía un cosquilleo en el estómago y estaba prestando mucha atención a mi aspecto. No es que estuviera convencido de que algo iba a ocurrir entre Allegra y yo, pero la posibilidad de que así fuera me tenía nervioso y divertido al mismo tiempo. Por otra parte, ella nunca me había dado pie a pensar en nada más que una amistad. Además, estaba fuera de mi liga. Ella era la *Champions League* y yo jugaba en un equipo en la liga regional, y el equipo estaba peleando por los puestos de descenso. Por otra parte, yo llevaba años chupando banquillo por una lesión (en este caso emocional) y no podía ni siquiera plantearme el jugar de titular y encima marcar goles. Ya con estar convocado para el partido era suficiente... ¡Y el uniforme me sentaba fenomenal!

Bajé las escaleras palaciegas que conducían al recibidor casi con el mismo ritmo que adoptan los atletas de marcha olímpica. Tenía la sensación de que me estaba perdiendo algo desde hacía un tiempo y que cada minuto era precioso. Las mariposas seguían alborotando mi estómago y tenía pintada una gran sonrisa en mi cara. Recordé a mi hija María y me imaginé contándole todo esto, ya de vuelta en Madrid.

Crucé el inmenso recibidor para adentrarme en el salón que antecedía el gran comedor. Las puertas corredizas estaban cerradas. Me detuve justo delante, como hacen los niños antes de descubrir los regalos de los Reyes Magos. Por fin me decidí a abrirlas. Allegra aún no había bajado. Observé que la gran mesa de comedor podía albergar a una veintena de comensales. Del alto y ornamentado techo pendía una gran araña de cristal, con cientos de bombillitas que brillaban tenuemente. El fuego chisporroteaba en la chimenea. Para hacer tiempo, me puse a observar los retratos familiares que había por las paredes. Al poco entró Francis para ofrecerme una copa de delicado champán.

El reloj que estaba en la encimera de la chimenea marcaba las ocho de la tarde, o de la noche, tratándose del Reino Unido. Observé que los dos únicos cubiertos que reposaban sobre la mesa de comedor estaban al fondo de la sala, en el lado opuesto de la entrada desde el salón. Era lo lógico puesto que se trataba de la zona más cercana a la cocina. Pensé en lo anacrónico que era habitar una de estas casas en nuestros tiempos. El siglo pasado contaría con un numeroso personal de servicio, pero ahora Francis hacía las veces de secretario, mayordomo y hombre de la limpieza de las salas habitadas de la familia. Del resto se encargaba una empresa de mantenimiento profesional, subvencionada en parte por las autoridades locales con el fin de preservar los edificios de interés, así como por los ingresos obtenidos con las visitas al museo y al palacio en general, al que se podía acceder dos días a la semana. No se parecía en nada a la triste aristocracia española, totalmente incapaz de utilizar su oportunidad para ser productivos a la sociedad de su tiempo.

Andaba yo inmerso en mis disquisiciones sociales cuando la puerta corredera se volvió a abrir y apareció Allegra. Llevaba un traje largo de gasa color azul que se pegaba a su cuerpo como si fuera una suave y sensual segunda piel. Dejaba al descubierto sus esbeltos hombros y una gran parte de la espalda. Calzaba unos zapatos de tacón alto, muy sencillos pero extremadamente refinados. Volví a pensar en lo increíblemente bella que era y me sentí feliz por pasar la velada en su compañía.

—¡Qué guapo estás, Alberto! —exclamó ella a modo de saludo.

Su comentario halagador se había adelantado al mío. Ahora alabar su belleza sonaría manido y poco original, así que me limité a reír algo avergonzado y a responder con fingida pomposidad:

—Gracias, querida Allegra, me gusta que sepas apreciar el esfuerzo que he hecho por no venir con mis zapatillas blancas, mis vaqueros y mi viejo polo.

Allegra se me acercó y me dio dos cálidos besos. Esta escena debió transcurrir en tan solo unos segundos, pero yo la viví a cámara lenta, con la piel erizada como quien ha recibido una descarga eléctrica.

—Pues gracias por tu esfuerzo, Alberto; si no te llegas a aplicar, te hubiera enviado directamente a la cama con un bocadillo y un vaso de leche. Ese *look* de adolescente trasnochado que llevabas hoy a una mujer de mi edad ya no le interesa —dijo riendo.

Nos sentamos a la mesa. Al momento apareció Francis con la botella de champán, como si un sexto sentido le estuviera revelando todos nuestros movimientos. Era mi tercera copa, por lo que, bajo los sedantes efectos del burbujeante elixir, me sentí preparado para ser inmensamente feliz.

—Allegra, quiero agradecerte de todo corazón este fin de semana. Estoy disfrutando de lo lindo, a pesar del incidente con los asaltantes. Por cierto, ¿sabes algo del tema?

—Pues precisamente acabo de hablar con un primo mío que trabaja para Scotland Yard en la unidad de lucha contra el crimen organizado..., ya sabes, mafias y todo eso. Ha tenido el detalle de intercambiar impresiones con la policía local. La verdad es que me ha asustado un poco, pues me ha explicado que el *modus operandi* de los asaltantes es altamente sofisticado. Tanto el sistema de *hacking* que utilizaron como las herramientas que emplearon para acceder al ala del museo son propias de bandas internacionales realmente importantes. Esto no es obra de chapuzas. Aún más, el hecho de que entraran sin ningún prejuicio a robar por la mañana, a la vista de todos, demuestra que no le temen a nada. Además, ya nos había avisado que esto podría ocurrir. En una de sus visitas, mi primo nos habló a Shane y a mí del desarrollo alcanzado por las mafias orientales y su creciente presencia en Europa. Estas bandas cada vez tienen más mercado y mejores clientes. Acuérdate de lo que comentamos sobre los planes existentes en la China actual de crear miles de museos de arte, por ejemplo. Si a eso añades el gran número de nuevos ricos, algunos sin escrúpulos, que se apuntan a la moda del coleccionismo, el cóctel es letal para los coleccionistas como nosotros.

—Claro, además, el exacerbado nacionalismo chino y el hecho de que la mayor parte de sus tesoros tradicionales fueran expoliados por Occidente añaden aún más alicientes para estas mafias —asentí.

—Exacto, mi primo me insistió en que esto era probablemente un asalto por encargo, que buscaban alguna pieza que algún coleccionista chino pensaba haber localizado en esta colección. Lo que le extrañaba es que no la hubiesen encontrado y se hubieran ido con las manos vacías. Pero hemos hecho inventario y, aparte de las obras que tenemos prestadas a algún museo y las que tenemos en nuestras casas, no falta ninguna. Bueno, aparte de las figuras que dejamos en Mr. Wong, aquellas que han unido nuestros destinos —al decir esto, me guiñó un ojo. Luego prosiguió—: Tenemos el catálogo de las obras colgado en la página web del museo, cualquiera puede acceder a él. Aunque no sé hasta qué punto se encuentra actualizada, hace tiempo que no nos ocupamos de ella.

Intentando recuperar el ambiente despreocupado con el que habíamos comenzado la cena, le dije:

—En fin, no te preocupes, no creo que vuelvan esta noche. Y si es así, ¡yo te protegeré, pequeña!

Ella rió.

—Probablemente sería al contrario, Alberto. Con tu lema de haz el amor y no la guerra, probablemente sería yo la que tuviera que sacar las uñas.

Fingí estar abatido.

—Vaya, veo que no me necesitas para nada.

—Claro que sí, cariño —respondió ella alzando su copa—. Tú y yo somos dos gatos apaleados por la vida que nos hemos buscado para ronronear juntos.

La eficacia de Francis para mantener las copas llenas de champán al mismo tiempo que no parecía que estuviese nunca presente en el comedor nos condujo inexorablemente a un estado de ánimo meloso que culminó en un silencio cercano, en el que nos miramos pudiendo oler cada uno el aliento burbujeante del otro.

—Alberto... —susurró Allegra.

En ese momento acercó lentamente sus labios a los míos, acariciándome suavemente la nuca mientras me miraba directamente a los ojos, como si intentase hipnotizarme. Sentí el contacto de su boca tierna y carnosa. El jugueteo que entablamos entre nuestras lenguas subió mi temperatura corporal hasta casi perder el sentido de la situación. Por fin orienté mis besos a su largo cuello, acariciando con mis labios sus pequeños y deliciosos lóbulos que contrastaban con el sabor que dejaban los diamantes que estaban engarzados en sus diminutos pendientes. Ella dejó escapar un pequeño gemido involuntario de placer, o quizá de cosquillas, pero definitivamente un gemido íntimo e incontrolado. Mientras me deleitaba deslizando la lengua por su cuello, mi mente permanecía en blanco, pero completamente sobreexcitada por una convulsión de sentidos que tenía prácticamente olvidados. El sabor de una mujer, catada lentamente, disfrutando de cada segundo de contacto, es algo inolvidable. El sentir de cada una es diferente y su manera de reaccionar brutalmente distinta. Con Allegra parecía que cada paso que daba, cada zona erógena por la que transitaba, era un acierto que la embaucaba más y nos abocaba a un desenlace inevitable.

Sentí cómo su mano abandonaba la zona de mi cuello, ya totalmente reconocida, y se adentraba por mi espalda subiendo desde la cintura y dibujándome en la misma una coreografía espontánea que yo seguí intensamente. Es sorprendente la forma en que uno puede estar completamente abandonado al placer del contacto físico al mismo tiempo que anticipa sin errar el camino que va a recorrer su mano. Comencé a desabrochar los botones de su traje torpemente y acaricié sus senos con timidez. Ella se retorció ligeramente de placer.

De alguna manera, aquello se asemejaba a la cena que acabábamos de disfrutar, pero con algo más de misterio. Las mismas conversaciones que habíamos tenido mientras bebíamos champán las estábamos llevando a cabo ahora en silencio y con nuestras manos.

Pero una llamada al teléfono móvil de Allegra destruyó en un instante la magia que llevábamos unos minutos construyendo. Intentamos ignorarlo, pero en el silencio en que estábamos inmersos, el sonido del aparato era insoportable. Cuando el móvil de Allegra dejó de sonar, el mío comenzó con su cantinela. Nos miramos extrañados. Alargué mi mano y cogí el teléfono. «Juan casa» decía la pantalla.

—Vaya, hombre, tenía que ser él. No descuelgues, Alberto, por favor, no quiero que nos estropee el momento aún más de lo que lo está haciendo.

El móvil dejó de sonar, pero inmediatamente después se escuchó el timbre del teléfono de la cocina. Al minuto llamaron a la puerta del comedor.

—Miss Allegra, perdone que la moleste —se identificó el mayordomo.

Allegra dio un brinco, se abrochó con destreza los botones del traje y se peinó con la mano.

—¿Qué ocurre, Francis? —preguntó secamente.

—Lamento molestarles a estas horas, pero es una llamada urgente de la casa del señor Juan.

—Qué pesado es ese tío —dijo Allegra furiosa.

—No es él, Miss Allegra, sino la señora de la limpieza. Parece muy alterada, de no ser así me hubiese negado a pasarle con usted.

—Bueno. —Allegra se acercó al teléfono que había sobre un aparador del comedor—. No sé qué puede querer de mí, pero cogeré la llamada.

Francis se marchó con discreción.

—¿Sí? —Allegra movía un pie con aire impaciente—. A ver, cálmese, que no la entiendo... ¿Cómo? ¿Muerto? —Se sujetó al aparador como si fuese a caerse—. Pero ¿está segura, mujer? Llame a una ambulancia, ¡no se quede ahí parada! Sí, sí, vamos para allá, lo antes posible, sí...

Colgó el auricular y, de repente, rompió a llorar. Yo me había puesto muy nervioso con lo que había escuchado.

—Allegra, mírame, ¿pero qué demonios ha pasado?

—Ha muerto... —Allegra hipó—. Ha muerto, la chica dice que se ha suicidado, ¡que Juan se ha suicidado, Alberto!

—Pero qué dices, joder, Allegra. —Sentí que no

podía respirar, que me iba a desmayar—. No puede ser, no puede ser.

Allegra intentó calmarse. Se aclaró la voz y dijo:

—Hay una carta para ti a su lado. Tenemos que ir para allá ahora mismo.

No tardamos ni media hora en estar en la carretera, vacía a esas horas, camino de Londres. Durante el trayecto hubo un silencio necesario pero sepulcral. Los dos nos zambullimos en nuestros sentimientos, analizando el impacto que este terrible suceso estaba teniendo en nuestro equilibrio emocional.

Lo que había ocurrido entre Allegra y yo parecía algo lejano. Juan, mi querido amigo Juan. Tenía un nudo en la garganta, pero las lágrimas no salían. María, ¿cómo se lo diría a María?

Entramos en la ciudad, enfilando la calle de Knightsbridge desde la M4, dejando los iluminados almacenes a nuestra derecha. Apenas había gente en la calle, todo el mundo dormía.

CAPÍTULO XV

SUS OJOS ESTABAN CERRADOS y su expresión era de una placidez absoluta, cosa que no pude evitar que me sorprendiera, teniendo en cuenta cómo había pasado sus últimos días. Un sobre amarillo reposaba sobre la almohada, junto a su cabeza.

La policía seguía repasando palmo a palmo los alrededores de la casa para asegurarse de que se trataba realmente de un suicidio, lo cual el inspector que estaba a cargo nos comentó que era bastante probable, puesto que no había signos de violencia, la casa no había sido forzada y Juan no estaba metido en ningún lío que pudiera poner en peligro su vida, al menos del que se tuviese constancia. Además, estaba la carta escrita con su puño y letra y los potentes fármacos cuyos botes vacíos lo delataban desde su mesilla de noche.

La policía había tenido la delicadeza de no abrir el sobre que había dejado Juan a mi nombre. Me dirigí con una silenciosa Allegra al salón con el fin de leer la carta. Los agentes nos dejaron solos, pero antes el inspector me pidió que leyera el texto con atención por si había algo en él que no encajase, alguna pista que pudiera dar pie a otra interpretación distinta que la de un simple suicidio. Nos entregó dos pares de guantes de látex para que no borrásemos ninguna huella extraña en caso de que la hubiera. Luego nos pidió que inmediatamente después de leerla se la diésemos a él para examinarla.

Tenía miedo de posar la mirada en aquellas hojas, miedo de lo que Juan pudiera haber escrito en ellas. Allegra y yo nos miramos con intensidad, y fue precisamente la expresión alentadora de sus ojos la que me animó a leer esas hojas a las que tanto miedo me daba enfrentarme:

Querido Alberto:
Mientras tienes esta carta entre tus manos, mi cuerpo probablemente se encuentra a pocos metros del tuyo, pero no así mi propia persona para poder abrazarte y que hagamos las paces. Cosas de la muerte… Amigo, sé que nos peleamos, que te expulsé de mi vida, que a lo mejor ni te apetece leer esto después de todo lo que te dije. Pero el final me ha llegado de golpe y tú eres la única persona en la que puedo confiar. Es duro pensar que solo te tengo a ti y que precisamente tú eres la persona a la que más daño he hecho. A ti que eres mi mejor amigo, el padre de mi

querida María, un buen hombre que representa el recuerdo de lo que yo fui.

Si no te importa, me gustaría que mi última conversación fuera contigo. Aunque tú solo vayas a jugar el papel de escuchador silente de mi monólogo, eres el público al que va dedicado este desenlace. Qué egoísta soy haciéndote pasar este mal trago, qué modo más rastrero de quererte si no soy capaz de dejarte al margen de mis miserias. Más me hubiera valido confesarme con un sacerdote que no tuviese más remedio que escucharme, pero no quería ser cínico. He vivido al margen de Dios y no puedo recurrir a él ahora. Debo de estar totalmente podrido por dentro, puesto que, aunque lo siento cerca, no tengo la valentía de dirigirme a Él. Soy un Judas al que Dios le ofreció todo en la vida y que al final lo vendió por unas monedas de plata. Me resulta patético que escribiéndote afloren a mi consciencia muchas de las enseñanzas cristianas que recibí de pequeño. Ese manual, esa programación que yo he desdeñado siempre, podría haberme llegado a salvar la vida. Ahora ya es demasiado tarde, no soy capaz de recurrir al fondo de mi alma y el programa con el que se activa la fe está ya defectuoso. No tengo valor para salir de esta situación en la que, como sabes, me he metido yo solo. Alberto, estoy arruinado económicamente, desahuciado profesionalmente y bajo la inevitable amenaza de dos espadas implacables: la de la justicia y la del Sr. Xiao.

Con la justicia no tengo miedo a enfrentarme, incluso me aliviaría el hecho de poder limpiar mi conciencia pagando por lo que he hecho. Pero no tengo el valor de luchar contra Xiao ni tampoco el dinero para pagar las deudas que he contraído con él. Me niego a ser víctima de su violencia, de su chantaje, de su despotismo o de su venganza. Detrás de la apariencia de hombre de negocios apacible se esconde un perfil demoníaco en el que se ha apoyado para triunfar en el submundo del hampa china. El Sr. Xiao, además de controlar un gran grupo empresarial de apariencia totalmente lícita, esconde en sus entrañas la mayor red de corrupción de su país. Sus empresas son negocios operativos sobre los que se asienta para lavar el verdadero botín que acumula en el mundo de la delincuencia organizada: prostitución, drogas, tráfico de influencias, tráfico de obras de arte y comercio ilícito de cualquier tipo. Es una multinacional de la delincuencia que necesita negocios verdaderos para, a través de ellos, ir sacando a la superficie los beneficios originados en la marginación. Con este mecanismo da al dinero sucio apariencia de dinero limpio. Con la acumulación de dinero oscuro que tiene se dedica a comprar los favores de políticos y profesionales. Tonto de mí, yo caí en su red de influencias. Me ofreció entrar en el accionariado de su empresa y prestarme dinero sin intereses a cambio de asesorarlo para poder inflar en bolsa el valor de sus acciones. Con mi experiencia en el mundo de las finanzas podía ayudarlo a que los inversores internacionales se fijaran en su negocio. También podía intentar influir sobre los analistas de bolsa para que recomendaran como «Compra» sus valores, y así atraer compradores a las acciones, consiguiendo calentar el valor y haciendo subir la cotización. Me necesitaba para crear una historia creíble y con futuro alrededor de sus empresas. Al principio yo sospechaba de su reputación, pero no quería dar crédito a los rumores sobre sus actividades. Pero el reverso tenebroso de la gente se suele conocer cuando las cosas van mal. Fue cuando la crisis se desató que las autoridades chinas se fijaron en su empresa farmacéutica, la cual tuvo que dejar de canalizar dinero negro. La empresa entró en una crisis de liquidez. Lo que antes era un chollo, una empresa necesitada de grandes inyecciones de dinero para mantener su investigación y desarrollo, se convirtió en una pesadilla. No tenía suficiente liquidez «legal» para inyectar en la empresa y los analistas e inversores internacionales se dieron cuenta de esto. Pese a que tenían varios productos a punto de salir al mercado, no había dinero para llegar al final del proceso. El precio de las acciones se desmoronó y buscamos desesperadamente que varias empresas nos «oparan» para que al pelearse entre ellas subieran el precio de la acción. Así por lo menos podríamos tener grandes plusvalías legales. Pero, finalmente, solo los italianos pujaron por la empresa y por ello pusieron el precio que les dio la gana. Ayer, al cerrarse la operación, mis deudas se materializaron y el cielo cayó sobre mí.

El Sr. Xiao me perseguirá hasta que le pague, y como no puedo evitar mi muerte, probablemente una muerte atroz, he decidido quitarme la vida. Pero quiero morir intentando que la riqueza que he acumulado en mi vida por lo menos no caiga en manos del Sr Xiao. Desapareciendo del mapa, nunca podrá sacar de mí la información del paradero legal de mis bienes, el cual tengo perfectamente resuelto. Alberto, quiero que sepas que María es la heredera de todos ellos. Qué confuso debes de estar, ¿verdad? Pero

¿yo no estaba arruinado? La explicación es fácil y complicada al mismo tiempo: te he nombrado albacea formal de mi testamento, en el cual verás que no tengo oficialmente ningún bien ni ninguna riqueza. En el mismo sobre de ese documento te encontrarás con mi última voluntad ficticia, en la que dejo todos mis bienes personales y obras de arte de la casa a la Asociación de Víctimas de Guerra del Ejército Británico. Qué excentricidad, ¿no es cierto?

Desde el punto de vista legal no tengo ningún activo, aparte de los bienes personales que hay en el apartamento y algo de tesorería en mi cuenta corriente, que es lo que he dejado a esta oportuna institución. En teoría estoy totalmente arruinado. En los últimos tiempos he ido vendiendo mis bienes uno por uno y el dinero ha ido desapareciendo. Todas las ventas de mis bienes inmobiliarios se han llevado a cabo en el extranjero. Desde que me percaté de mi comprometida situación con el Sr. Xiao, preparé un plan B por si acaso. Creé una compleja maraña de fundaciones en Liechtenstein de las que la única beneficiaria es María. Todo mi capital en inversiones financieras se encuentra ahora bajo la titularidad de la fundación cabecera de la estructura.

Gracias a mis conocimientos del mercado financiero y de los mecanismos para crear complejas redes de sociedades sin dejar ningún rastro, el Sr. Xiao nunca podrá ligar esa fundación ni con María ni contigo. Lo que será público, el testamento del que eres albacea y que acompaña a esta carta, tan solo menciona a esa institución benéfica británica. El resto está a salvo. Son un total de treinta y dos millones de dólares invertidos en la actualidad en bonos del tesoro norteamericanos. María podrá disponer de ese dinero en un futuro. Pero también me he preocupado de que este dinero no cambie su vida. Verás que en los artículos de la fundación se expresa claramente las condiciones que tiene que cumplir. Sé que no hay nada peor que el dinero fácil, por lo que María no podrá disponer de mi herencia ni conocer la existencia de esta fundación hasta que tenga veintiún años. No puedes comentarle nada. Solo irá recibiendo al principio pequeñas cantidades que están destinadas en exclusiva a gastos que tiene que justificar: carrera universitaria, máster, cursos de idiomas... Es decir, los primeros ingresos que recibirá tendrán la forma de becas para su educación y no de dinero contante y sonante. A medida que avance el tiempo y que cumpla con las condiciones de educación y trabajo del testamento, recibirá dinero para comprarse una casa y empezará a disponer de una serie de asignaciones para complementar sus ingresos. Esas asignaciones representarán el doble de lo que ella ingrese con su trabajo. Tú, junto con el pequeño consejo de la fundación, sois los que debéis velar por que todos estos principios se cumplan debidamente. Tampoco me he olvidado de ti: aunque sé que el dinero no es importante en tu caso, quiero que tengas la libertad que el dinero, en pequeñas cantidades, puede ofrecer. Como consejero de la fundación, recibirás un sueldo anual de doscientos mil dólares.

Anota ahora mismo en algún lugar seguro el nombre y número de teléfono de esta persona en Vaduz: Hermann Longtrip, 32 33 45 6231. Llámale y dale este número clave: W63 96 98E. Sé muy discreto y no lo hagas hasta por lo menos dentro de un año, cuando los esbirros del Sr. Xiao se hayan aburrido ya de perseguir las pocas pistas que puedo haber dejado. Lo último que quiero es ligar mi fatalidad a la vuestra...

Solo te pido que María nunca esté al tanto de mis problemas, de mi modo de vida ni de la causa de mi suicidio. Mi último acto de arrogancia es pensar que ella me querrá y me tendrá idealizado para siempre jamás.

Y ahora quiero aclararte otra cosa. No creas que te echo en cara mi ruptura con Allegra, todo lo contrario. He tenido la suerte de observar cómo te iba cambiando la expresión a medida que vosotros dos os ibais conociendo. No te había visto tan feliz desde los tiempos de Casilda. ¡Y tú sin darte cuenta, pedazo de bobo! Para ella, tú representas una especie de inocencia hasta ahora desconocida, eres un apuesto hidalgo español y un contrapunto de todo lo que yo soy. Fue por ello que decidí tomar cartas en el asunto. Me estaba acercando al abismo, los acontecimientos eran imparables y no quería arrastrar a Allegra conmigo. También sabía que ella ya no me quería. Vi la oportunidad de abrirte las puertas al amor tras muchos años de soledad. En todo caso, creo que Allegra al final estaba conmigo porque le despertaba compasión. Suena ridículo, pero el hecho de que los dos acabaseis odiándome os terminó uniendo. Allegra es una mujer maravillosa, yo nunca la merecí. Cuida de ella si, como espero, entre vosotros ha surgido algo.

Tampoco le cuentes a ella nada de esto. Quiero seguir siendo el tipejo que la apartó de su vida y que tú representes el despertar que ella necesita, el bálsamo a los males y las penas que yo le he causado. Quiero que esté contigo, Alberto, pero que nunca sepa que ha sido gracias a mí.

Ay, Alberto, no creo que vea a Casilda en la otra vida, porque ella estará en el cielo y yo supongo que tengo un billete para el infierno. Pero si tuviera esa suerte, a buen seguro que tu querida mujer me sonreiría y me agradecería que mi última voluntad haya sido la de ocuparme de vosotros, la única familia que tengo.

Decía Albert Camus que hay solo un genuino problema filosofal: el del suicidio. Juzgar si la vida merece o no ser vivida es la respuesta a las cuestiones fundamentales de la filosofía. Yo he realizado ese juicio y puedo responder: la vida merece la pena ser vivida, pero solo si se hace con dignidad y con amor por tu gente. Lo mío no es vida, estoy ya en el infierno, ahora solo voy a formalizar mi ingreso en el mismo.

Te quiere:

Juan

PD: Por favor, quema inmediatamente estas hojas. Tal y como te he explicado, el sobre contiene el testamento con una larga introducción. Cuando la policía te pregunte, nunca les hables de esta carta.

Cuando terminé de leer, unas lágrimas incontenibles comenzaron a recorrer mis mejillas. Allegra se levantó y me dio un cálido abrazo. Permanecimos en silencio, abrazados durante varios minutos, mientras me desahogaba sobre su hombro. Al cabo de un rato, me acerqué a la chimenea que Juan había dejado oportunamente encendida y con un cuidado extremo me aseguré de que la carta ardía sin dejar ningún rastro. Allegra no pareció sorprenderse ni quiso preguntarme nada. Me siguió con la mirada hasta que me senté a su lado y llamé al inspector de Scotland Yard, quien aguardaba al otro lado de la puerta.

CAPÍTULO XVI

LOS DÍAS QUE TRANSCURRIERON después de la muerte de Juan fueron una acumulación de actividades administrativas y mecánicas, aburridas pero tremendamente necesarias en el gran negocio de las defunciones. Los ingleses suelen decir que solo hay dos cosas seguras en esta vida: los impuestos y la muerte. La preparación de los trámites funerarios, el entierro y la coordinación como albacea testamentario de las últimas voluntades de Juan me tuvieron atrapado durante una buena temporada. Había que contactar con los sorprendidos pero alegres herederos directos de Juan, la Asociación de Víctimas de Guerra del Ejército Británico. Tenía que realizar todas las diligencias para que los bienes que Juan había separado para ellos fueran traspasados una vez hubiese pagado los debidos impuestos y contactado con los abogados que sabían tramitar todos estos aburridos y complicados procedimientos.

En todo este proceso, Allegra fue una fuente de sabiduría y de contactos que resultaron esenciales para poner todo en orden con mayor diligencia. En todo caso, fueron unos días de ir y venir en los que en cierto modo me sentí como un robot programado para cumplir los trámites que dictaba una agenda invisible.

Comuniqué a mi hija por teléfono el fallecimiento de Juan como víctima de un fuerte infarto debido al estrés que había estado sufriendo ya que había estado trabajando sin descanso. Mi desconsolada María quiso acercarse a Londres inmediatamente para acompañarme y acudir al entierro, pero me opuse pensando que sería mucho menos traumático para ella pasar los días siguientes a la noticia en compañía de su familia y de sus amigos en pleno apogeo del verano mediterráneo. Hablábamos todos los días, pero los dos sentíamos que aún no habíamos tenido la oportunidad de sincerarnos y de abrir nuestros corazones. Manteníamos conversaciones contenidas, cariñosas e íntimas pero insustanciales. Deseaba disponer de más tiempo para ordenar mis ideas con el fin de poder transmitirle mis sentimientos de manera más ordenada y eficaz. María siempre había sido mi confidente y la persona que me ayudaba a tirar para adelante en mis momentos más bajos. Pero yo había cambiado. A pesar de la terrible muerte de mi amigo del alma, esas semanas en Londres habían sido mucho más terapéuticas para mi estado emocional que los muchos años que había pasado en mi vida madrileña desde que Casilda fue arrancada de nuestras vidas. Quizá mi error había sido sumirme en un mar de sentimientos negativos que me ahogaban, rodeado por el cariño de mi hija y el aburrido transcurso de una existencia en la que jamás busqué escapar de la rutina.

Mi amor por Casilda, su recuerdo y la sensación de tenerla a mi lado seguían iguales, pero brillaban con una luz distinta. Antes eran la razón por la que me levantaba de la cama, lo que me hacía aguantar un día más, el pilar dominante de una realidad que me asfixiaba sin dejarme morir. Ahora la sentía más como una compañera invisible en el viaje de la vida, como una influencia que carecía del pozo amargo de antaño. A veces me ponía triste pensando que quizás había enterrado a Casilda definitivamente, pero me recuperaba enseguida al percatarme de que ya no me sentía infeliz, sino todo lo contrario, lleno de vitalidad. Tenía ansia por disfrutar de los pequeños detalles diarios en compañía de la gente que más quería. Era como si hubiese cumplido condena en una cárcel en la que hubiera permanecido durante años: nada pesaba sobre mi conciencia, ya no sentía la carga de la melancolía sobre mis espaldas. En resumen, me sentía liberado.

Las últimas palabras de Juan me habían sorprendido enormemente, pues me había dado cuenta —con una mezcla de alegría y de tristeza infinitas— de que en el fondo era el hombre que siempre había sido. Que aún hubiera sido capaz de distinguir el bien y el mal era algo que me consolaba, pero por otra parte me llenaba de furia impotente el hecho de que hubiese tomado la decisión de quitarse la vida en lugar de enfrentarse a sus miedos, incluso al sanguinario Sr. Xiao. Estaba claro que el infierno del que había escrito mi amigo en su carta de despedida era precisamente eso, perder la voluntad de vivir y de luchar por la supervivencia.

Durante esos días no me separé de mi querida pero difusa Allegra. Difusa, porque no sabía lo que representaba para mí. La quería, pero no sabía cómo. Ella me quería, pero no sabía hasta dónde. Era una incertidumbre que no me azotaba, pero que estaba al acecho de mi conciencia. Tras pasar todo el día junto a ella llegaba la noche, cenábamos juntos en algún local cercano al domicilio de Juan y luego nos separábamos para descansar. Un beso, una caricia, una tierna sonrisa. A la mañana siguiente desayunábamos muy temprano, buscándonos el uno al otro como dos almas gemelas en medio de la conmoción. Los acontecimientos vividos recientemente habían cimentado entre nosotros una relación de inmensa amistad. Una amistad gozosa, totalmente placentera y terapéutica. Era un océano de cariño inagotable, una unión espiritual al mismo tiempo cálida y sensual. Una mirada bastaba para entender los deseos y sentimientos del otro. Una caricia era mejor que mil palabras. Un silencio valía al menos por cien horas de sueño. Un beso, más que todos los desnudos del mundo.

CAPÍTULO XVII

EL TIEMPO SEGUÍA ESCUPIENDO los acontecimientos sin que nada alterase nuestro equilibrio inestable. Quizás era lunes o quizá martes. Casi una semana después del suicidio de Juan, Allegra y yo nos encontrábamos tomando un capuchino tras una copiosa comida mientras afuera caía una fina lluvia de agosto. Es curioso cómo en esta ciudad se puede vivir al margen del clima, puesto que se considera que los rayos de sol y los días luminosos son regalos de la naturaleza. La vida es eso, ¿no? Una lluvia permanente. Unos días más que otros, pero siempre llueve. La receta para ser feliz es ponerle al mal tiempo buena cara, pero la receta para una felicidad explosiva y exquisita, los destellos de felicidad encadenados de los que hablaba mi querida Casilda, son simplemente los escasos días de sol.

—¿Quieres más café? —le pregunté a Allegra—. Yo me voy a tomar otro, si te parece bien.

Levanté la mano y acudió a atendernos la vibrante y poderosa camarera rusa que, según me había contado Allegra, llevaba trabajando muchos años en ese local.

—¿Me podría traer otro capuchino, por favor? Y tú, cariño, ¿qué quieres? Te recuerdo que aún tenemos media hora antes de que abra la tienda de Mr. Wong.

—Bueno, pues tráigame otra taza de té, que sea Earl Grey, por favor. —Esa era su variedad favorita—. Con un trocito de limón, esta vez sin leche.

La camarera asintió y se dio la vuelta para dirigirse a la cocina. Pero por alguna razón nos miró de nuevo y, tras dudar unos segundos, nos dijo:

—Perdonen que me entrometa, pero acabo de escuchar que van a ir a ver a Mr. Wong. ¿Hablan ustedes del anticuario chino que tiene su tienda en esta misma calle? —preguntó con su cortante acento ruso, pero en un excelente inglés.

—Pues sí —respondí sorprendido—. ¿Por qué lo pregunta? —quise saber un tanto a la defensiva al sentirme espiado por ella.

—No tengo buenas noticias. —Nos miró apenada—. ¿Le conocían mucho?

—Bueno, le habíamos encargado un trabajo. ¿Ha pasado algo? —inquirí, cada vez más nervioso.

Se inclinó hacia nosotros y miró a ambos lados de la mesa, cual prototipo de vecina chismosa. Se veía claramente que estaba disfrutando de su efímero protagonismo.

—Mr. Wong ha aparecido degollado esta mañana en su taller. Parece ser que algún vecino escuchó ruidos allí de madrugada y avisó a la policía. Cuando esta llegó, se encontró con el cadáver rodeado de un enorme charco de sangre. Han estado desayunando aquí algunos de los policías y nos lo han contado todo —susurró con los ojos brillantes, aún dudo si por la compasión que sentía hacia Mr. Wong o por la emoción de formar parte de una trama detectivesca.

—¡Oh, no! —Allegra se tapó la boca con la mano y me miró horrorizada.

Tragué saliva. No sabía si podía asimilar una muerte más. Decidí centrarme en comprender lo que había ocurrido, aun a riesgo de resultar frío, con el fin de no perder la calma.

—¿Sabe si sigue la policía en el taller? —pregunté.

—Sí, creo que están haciendo inventario y atendiendo a los clientes de Mr. Wong que se han acercado tras haber oído lo que había pasado. Ya sabe usted que de las desgracias se entera uno rapidísimo. Parece ser que, pese a que parecía el propietario de una tienducha de nada, Mr. Wong era una eminencia en arte chino y tenía varios tesoros guardados. Lo raro es que apenas han tocado el taller, según los agentes, por lo que parece que no se trata de un robo al uso. Lo único que estaba revuelto era un montón de papeles. He creído entender que la policía baraja un ajuste de cuentas o algo por el estilo.

—Allegra —dije al mismo tiempo que me levantaba—, tenemos que acercarnos ahora mismo para ver qué pasa con nuestro encargo. Tome —dejé en la mesa treinta libras—, quédese con el cambio.

Nos dirigimos a la tienda de Mr. Wong a paso rápido. Por el camino, Allegra volvió a comunicarse con su primo, el jefe de la unidad de Scotland Yard contra el crimen organizado:

—Peter, soy Allegra otra vez. ¡No te lo vas a creer! Acabo de enterarme de que la tienda de uno de los anticuarios favoritos de mi padre, Mr. Wong, ha sido robada y él, degollado. ¡Qué cosa tan terrible!

Con los ojos llenos de lágrimas por la muerte de ese hombre al que tenía tanto cariño, escuchó a Peter durante unos segundos que se me hicieron eternos. Luego siguió hablando:

—Creo que ambas cosas están conectadas. Te explico: hace un par de semanas dejé en su tienda una pareja de cisnes de porcelana china que tenían una gran valía para mi padre. Le pedí que investigase su origen y el valor que tendrían en el mercado. ¿No te parece curioso? —Otro silencio—. Allí quería llegar yo —prosiguió—; estoy convencida de que los mismos que entraron en la casa de campo este fin de semana son los que han asesinado a Wong. ¿Dónde estás? —Allegra escuchó atentamente tras realizar la pregunta—. Pues coge el coche y ven para acá inmediatamente, querido. Vamos a ver si todas las piezas encajan. Necesito que estés allí para que podamos fisgonear en la escena del crimen. —Se dio la vuelta y me dedicó una sonrisa cómplice, aunque sus ojos seguían mostrando una expresión desolada—. Estupendo, te veo en cinco minutos, ya sabes la dirección. Un besazo, *bye!*

Cortó la comunicación con Peter y me miró fijamente:

—Alberto, esto es inaudito. Todo empieza a encajar. Peter está muy sorprendido y viene hacia aquí. Nos veremos en la puerta de la tienda. Pero antes necesito sentarme en ese banco de allí y relajarme un poco.

Nos acomodamos y le pasé un brazo por los hombros. Permanecimos en silencio unos minutos antes de volver a ponernos en marcha.

Cuando llegamos al anticuario de Mr. Wong, el típico policía inglés hacía guardia armado tan solo con una gran porra que estaba amarrada a su cintura. A su lado, un alto y despeinado caballero rubio que tenía pinta de haber salido de la cama sin ducharse nos miraba fijamente; era Peter, el primo de Allegra.

—¡Peter, qué rápido has sido! —exclamó Allegra.

—Hola, Ally. ¿Cómo estás, cariño? —le saludó el tipo rubio—. Ya sabes que solo vivo a un par de paradas de metro de aquí.

—Este de aquí es mi querido amigo Alberto, que está metido en el asunto hasta las cejas también —me presentó.

Nos dimos la mano con el extraño afecto que se produce en las situaciones límite.

—Bueno, entremos y echemos una ojeada mientras me contáis en qué líos andáis metidos.

Seguimos al policía hacia el interior del establecimiento. El agente de la puerta se retiró para dejarnos pasar al mismo tiempo que hacía un saludo con la punta de los dedos. La luz del local era tenue, pero se podían distinguir los polvorientos estantes con sus misteriosos objetos. Efectivamente, todo estaba igual que lo habíamos dejado hacía un par de semanas. No había signo alguno de forcejeo. Peter charló un rato con los policías que se hallaban haciendo el inventario y regresó con nosotros.

—Bueno, vamos a sentarnos y a intentar encontrar un sentido a toda esta historia —comentó ceremoniosamente, sabiéndose el protagonista clave de esta escena criminal—. Ally —prosiguió—, entonces tú dejaste aquí estas figuras hace un par de semanas y anteayer entraron en la casa de campo para robar algo que nunca encontraron, ¿no es así?

—Ajá... —asintió Allegra.

—Podemos asumir entonces que iban desde el principio detrás de estas figuras y que, al no encontrarlas en tu casa, vinieron aquí a buscarlas y asesinaron a Mr. Wong para no dejar testigos. Claramente, el *modus operandi* es el de un grupo completamente profesional, que sabe lo que hace y que no tiene ningún escrúpulo. He preguntado y las figuras que me describiste no están aquí. Lo que sí hemos encontrado es esto. —Le tendió un sobre que llevaba su nombre escrito.

—Dios mío, es el sobre.... —exclamé conmovido—. ¿Estará ya la traducción? —murmuré entre dientes, hablando más para mí que para ellos.

—Ah, ¿pero es tuyo, Alberto? —me preguntó el policía con sorpresa.

—Sí —respondió Allegra en mi lugar—. Verás, es una historia complicada, pero visto lo visto necesitas saber todos los detalles.

Allegra se metió de lleno en el relato, desde la adquisición de las figuras, junto con la astucia de la abuela de Casilda para llevarse el cuadro que tanto amaba mi mujer. Explicó cómo mis suegros vendieron las figuras y la forma en que suponíamos que habían caído en manos del padre de Allegra. Finalmente, relató nuestro encuentro en Londres, así como el de las tres obras de arte. Explicó el intento de robo en Mackinshire Manor, que Peter ya conocía, y terminó por comentar la muerte de Juan.

—Por lo tanto, entiendo que en este gran sobre debe de estar la explicación de la procedencia de las figuras, del cuadro y, quién sabe, probablemente también de toda esta historia... —concluyó con el mismo tono que los adultos emplean con los niños cuando terminan de narrar un cuento de hadas.

Peter nos miraba fascinado.

—Amigos —nos dijo recomponiéndose—, necesitaría una fotocopia del documento que hay en el interior del sobre después de que lo leamos juntos.

—Sí, no te preocupes —le respondió Allegra—; supongo que estos *bobbies* la pueden hacer en un santiamén. Pero antes deja que le echemos nosotros un vistazo.

Abrió el sobre grande ceremoniosamente. En el

interior había dos elementos. El primero, un sobre más pequeño en el que se podía adivinar un informe escrito a máquina —probablemente una carta de Mr. Wong a Allegra, pensé—. El segundo era una carpeta transparente que contenía las fotos del cuadro del caballero que yo le había entregado a Mr. Wong para realizar la traducción del texto en chino. Por un momento dudé de que nuestro sabio amigo hubiera sido capaz de traducir el texto, pero pude constatar con un escalofrío que, efectivamente, la carpeta transparente también contenía un sobre con un folio doblado en el interior. Por un momento contuve la respiración.

—Alberto, ¿quieres abrir el sobre y leer su contenido? Imagino que será el informe sobre las figuras —me preguntó Allegra con suavidad, pues era consciente de que se trataba de un momento emocionante para mí—. El otro sobre, el de la carpeta transparente, es un tema privado y, si a Peter no le importa, no hace falta que lo leas aquí. Creo que será mejor que tú elijas el momento más oportuno para ello —afirmó Allegra mirando directamente a los ojos de su primo, buscando su aprobación, entendimiento y complicidad.

Con el gran alivio de no tener que enfrentarme repentinamente a la resolución del enigma que tantos años me había atenazado, tomé el primer sobre, extraje un informe y, con cierto nerviosismo, empecé a leer.

Estimada Ms. Allegra:
He tenido el placer de poder investigar y analizar los ob-

jetos y las fotos de los que me hizo entrega, y confirmar mis principales sospechas con respecto a las figuras.

He de decir que cuando usted me mostró el trío de obras de arte, es decir, de las dos figuras y el cuadro, me sorprendí inmediatamente. Ahora puedo manifestar que mis sospechas iniciales eran las acertadas. A un viejo como yo solo le queda saber que se puede apoyar en su experiencia cuando el resto de facultades lo han abandonado ya.

El cuadro que acompaña a las dos porcelanas es el inicio de toda esta historia y lo que me puso sobre la pista. Se trata de un retrato de 1743 del famoso poeta chino Su Shi (苏轼), también conocido como Su Tung-p'o. Su Shi, nombre de cortesía Zizhan (子瞻), o «Su Dongpo» como seudónimo nació en 1037 en Mei Shan, provincia de Sichuan. Llegó a ser uno de los grandes escritores chinos, además de gran pintor y calígrafo. Su Shi asumió la filosofía del confucianismo, el budismo y el taoísmo. Su habilidad de prosa fue realmente prodigiosa y rebosante. Se encuentra entre los ocho escritores más famosos de las dinastías Tang y Song de China. Su progenitor fue también un maestro de la antigua prosa china. Habiendo asimilado la cultura tradicional de su familia, al entrar en la carrera de funcionario se dedicó a la reforma política y la administración del Estado. En los años en los que ejerció el cargo de funcionario local y cortesano, luchó por acabar con los abusos y empujar la reforma. Su Shi tuvo la característica de ser abierto y sincero, y fustigó con sinceridad los vicios de la corte, convirtiéndose en la víctima de la lucha entre facciones. Su Shi se debatió en el abismo político durante la segunda mitad de su vida, sufriendo varios destierros, cada cual más lejano y pesado. Abogó por la lucha contra la crueldad, parte esencial del confucianismo, budismo y taoísmo. El budismo y el taoísmo lo ayudaron a meditar sobre los problemas profundamente y a afrontar las crueldades vitales con optimismo; al mismo tiempo, el confucianismo le hizo creer en su ideal y buscar las cosas brillantes en la vida. Su Shi retuvo su propia cualidad moral y castidad, y aguantó los duros golpes externos. Su Shi pensó y actuó de la misma manera, tuvo firmeza de carácter, y vivió de manera natural y activamente, sin exageraciones ni pedantería. Muchos literatos en la etapa posterior de la sociedad feudal china lo envidiaron por su mentalidad, un modelo que se llama por su nombre se popularizó por más de ochocientos años en China.

Su Shi sobresalió entre todos por su talento, fue un maestro en poema, verso y escritura. El contenido del verso de Su Shi es amplio con varios estilos, extraña imaginación, metáfora original y lenguaje gráfico. Su Shi creó su propio estilo de verso y dirigió el verso a la sociedad y a la vida más vasta rompiendo la barrera original. La habilidad de prosa de Su Shi fue firme y rebosante. Su Shi logró el mayor éxito, aunque no sin sufrimientos en aquel entonces. Los literatos de toda China imitaron sus escrituras, incluso hubo un refrán popular que decía que «los que conocen la escritura de Su Shi, comen la carne de carnero; los que no, comen hierbas silvestres». Entre las prosas de Su Shi, lo que logra mayor éxito es la prosa narrativa y la prosa que cuenta el viaje. Por ejemplo, sus dos obras, *Chi Bi Fu*, la primera, se escribe sobre el otoño con luna, viento y cielo azul, y la segunda, sobre el invierno con alta montaña y rocas escarpadas. Ambas fueron obras ejemplares de aquella época. Su Shi falleció en 1101.

Pero ¿qué tiene de relevante para nosotros la historia de uno de los mayores y más emblemáticos poetas, prosistas e incluso pintores de la china de las dinastías Tang y Song?

Su Shi, ya en la última etapa de su vida, escribió una bellísima poesía:

> *¿A qué se parece nuestra mundanal vida?*
> *Una bandada de gansos,*
> *posándose en la nieve.*
> *A veces dejando una leve traza en la misma.*

Esta poesía hace referencia a la obsesión de nuestra cultura con la vida eterna y a la búsqueda de la simplicidad que caracterizó a Su Shi.

Esta pareja de porcelanas que acompañan al cuadro fueron regaladas a Su Shi por un admirador y antiguo adversario en sus destierros políticos. Las mismas están inspiradas en esta bella poesía. Aquí está la clave de todo el enigma. La pareja de figuras que usted tiene en propiedad fueron el regalo de un admirador de Su Shi, que extasiado ante la belleza de esta poesía decidió captar la esencia del poema en estas obras de arte. Parece ser que Su Shi guardó con el mayor de los cariños este regalo y que lo acompañó hasta el final de sus días. Para Su Shi, estas dos figuras eran el recuerdo continuo de lo efímero de nuestro paso por este mundo, de la leve huella que dejamos tras nosotros y de la necesidad de ser humilde.

La época, el estilo y el sello de las porcelanas no dejan lugar a duda de su autenticidad. Por ello su valor es incalculable para la cultura china. Las figuras son en sí mismas unas bellísimas obras de arte, pero lo que les otorga su carácter único es la leyenda que las acompaña. El retrato de Su Shi que compone el trío es probablemente obra de un admirador que, realizando un homenaje al poeta, decidió exhibirlas juntas, como un relicario al admirado poeta. El cuadro carece de valor esencial, más allá de ser una buena antigüedad, pero este es la clave para desenmarañar esta historia. Había una muy vieja historia que hacía referencia a este trío de objetos, que circulaba de boca en boca entre los aficionados al arte, la poesía y la historia china. ¡Y ha resultado que es verdad! El cuadro es lo que me puso sobre la pista para resolver todo el misterio; es el código de autenticidad del trío. Saber que las figuras representan la esencia de una de las poesías más famosas de la literatura china, que acompañaron a su maestro y probablemente lo inspiraron hasta el final de sus días, le dan al conjunto un carácter de reliquia esencial. Pero lo que las hace especialmente valiosas desde el punto de vista económico es el fuerte auge del coleccionismo en China, sobre todo en paralelo con el desarrollo del fuerte nacionalismo. Estas porcelanas son unas piezas clave en cualquier colección del mundo de arte chino. Estoy absolutamente convencido de que las mismas se la disputarían en las más grandes de las subastas.

En todo caso, le recomiendo que las guarde, las preserve y las mantenga alejadas de la codicia incipiente de mis compatriotas nuevos ricos. Muchos de ellos solo buscan la gloria y el éxito de tener obras de arte, solamente como mecanismo de distinción frente a sus competidores. Su padre seguramente intuía el valor de las mismas dada su gran sensibilidad por nuestro arte, y aunque desconociera esta historia, las tenía catalogadas y las había distinguido de este enorme cariño.

Atentamente,

Mr. Wong

Levanté la vista del informe y me quedé observando a Allegra. Las piezas encajaban, las casualidades se resolvían, los ríos volvían a su cauce.

—Allegra, creo que ambos comprendemos cómo encaja toda la historia —dije al mismo tiempo que ella asentía—. Peter, en cambio a ti creo que te falta información para entenderlo.

—Creo que tienes razón, Alberto, cuéntame tus deducciones —dijo con interés.

—Estas figuras han sido robadas por esbirros del Sr. Xiao, el propietario de la empresa a la que asesoraba Juan. Por lo que Juan nos confesó, se trata de un temible mafioso que controlaba varios mercados de contrabando en la región. Juan adeudaba una enorme cantidad de dinero al Sr. Xiao, y el Sr. Xiao ha decidido tomarse la justicia por su mano. Es decir, que ha conseguido recuperar parte del dinero perdido con cargo al robo de estas obras de arte. Claramente, el Sr. Xiao estaba al tanto de la historia de las figuras, gracias al artículo de Allegra en la revista *Tatler*. Ahora entiendo esa ridícula llamada de Juan a Allegra, cuando estábamos en el campo. Después de haberla maltratado verbalmente, se arrastró para llamarla. Juan le había comentado al Sr. Xiao que Allegra escribía para *Tatler*, pues eso le posicionaría como una persona conectada con la alta sociedad londinense. El Sr. Xiao, probablemente ávido lector de la revista, descubrió la historia y la relevancia de las piezas al leer el famoso artículo de Allegra donde desvelaba las grandes coincidencias que esta historia atesoraba. Tras el suicidio de Juan, el Sr. Xiao simplemente tuvo que localizar a Allegra, seguirle los pasos y hacerse con las figuras. Final de la historia —terminé de explicar más excitado de lo habitual.

—Alberto, la historia es fascinante, bien valdría que alguien escribiera un libro relatando los hechos —dijo Peter encantado—. Parece que ahora solo tengo que encontrar a los mafiosos que cometieron el golpe y recuperar las figuras. Pero Ally, ya sabes que eso va a ser totalmente imposible. Probablemente, estas estén ya de camino a China en algún avión, carguero o transporte alternativo. Es buscar una aguja en un pajar y solo un error de los delincuentes podría ayudar a que diéramos con ellas. Creo que lo mejor es que las olvides y te alegres de todo corazón de que no te haya ocurrido nada. Viendo a Mr. Wong, comprendo que si tú hubieras estado alrededor probablemente hubieras seguido su misma suerte. En fin, me queda mucho trabajo que hacer, y un gran informe que realizar para cerrar el caso.

Peter se levantó, se despidió de nosotros y nos

acompañó hasta la salida. Yo seguía aferrado a la carpeta transparente, sabiendo que dentro se encontraba la traducción de los caracteres chinos del retrato de Su Shi que siempre habían intrigado a Casilda, su familia y a mí. Pero no quería leerlo hasta que llegara el momento preciso. Agarrados de la mano, en silencio, Allegra y yo nos dirigimos a su casa. Dimos un largo paseo bajo la luz de la luna y de las farolas. La calle estaba callada, como mi conciencia, y a veces se oían los tacones de Allegra resonar sobre el asfalto. Los dos estábamos imbuidos en nuestros pensamientos y preferíamos no hablar. Eran ya las diez de la noche. El tiempo había volado desde que salimos del restaurante a la hora de comer. Las horas habían pasado sin darnos cuenta, encerrados en la tienda de Mr. Wong. Ahora todo había pasado.

Acompañé a Allegra hasta el umbral de la puerta de acceso a su casa. Ella la abrió y yo instintivamente la acompañé al interior. Ella me dirigió una mirada sorprendida, y se dirigió directamente a la cocina. Yo me recosté en el sofá del salón, dejando reposar los pies sobre la mesa. Sentía extrañeza porque me hubiera tocado vivir esta historia. Estas vivencias pertenecían al futuro que Casilda nunca tuvo, y también a Allegra, y yo no era más que un protagonista totalmente accidental. Estaba viviendo esta historia como consorte de estas dos mujeres. También de alguna manera pertenecían a la otra mujer de mi vida, a María, la cual, por la distancia estaba al margen de la misma. Hoy, tras los acontecimientos vividos, empezaba a tener la sensación de haber cerrado un capítulo de mi vida o, mejor dicho, estar a punto de hacerlo.

El informe sobre la traducción, la clave de toda la historia, la razón que me había traído a Londres, el hilo conductor que me había llevado a estar ahora mismo en casa de Allegra, estaba encerrado en ese informe reflejado en líneas escritas en un paquete de papeles. Es lo que hace el destino, me dije, en voz baja, sonriendo al comprender lo que había sido de mi vida últimamente. Me incorporé y busqué a Allegra con la mirada. En ese preciso instante, ella volvía de la cocina con una botella de Champagne Krug en la mano y un par de vasos. Hacía casi una hora que ella y yo habíamos abandonado la tienda y apenas nos habíamos cruzado un par de palabras. Supongo que los dos éramos conscientes de que mi tiempo en Londres tocaba a su fin. Juan había fallecido, las figuras habían desaparecido y el cuadro tenía ya una traducción. Hasta ahora, todo había estado regido por una agenda muy clara, por unos tiempos impuestos por las circunstancias. Pero el tiempo se había acabado.

Allegra me acercó una copa, y junto con la suya, las rellenó de este vino espumoso. Chocamos las copas lentamente, escuchando el ruido del cristal, sintiendo nuestras respiraciones acompasadas, observando cómo vagaban nuestras miradas en busca de sentido. Me acabé la copa de un trago y con decisión me acerqué a Allegra, la tomé por la cintura y la besé con ímpetu.

Esa noche hicimos el amor varias veces, unas con dulzura, otras con pasión y alguna con rabia. Cruzamos muy pocas palabras, pero no hizo falta, puesto que sabíamos lo que queríamos transmitirnos. Pero yo hice mucho más que hacer el amor con una bella mujer. Definitivamente y sin remisión, abandoné la tumba en la que había estado enterrado en vida durante tantos años, y me entregué en cuerpo y alma a Allegra.

CAPÍTULO XVIII

ALLEGRA ABRIÓ LOS OJOS perezosamente.

Intentó permanecer inmóvil para seguir saboreando y recomponiendo los recuerdos de la noche anterior, esas horas confusas y apasionadas que le hacían ahora esbozar una sonrisa pícara dedicada a su almohada.

Estaba aún desnuda y se sentía cansada pero muy feliz. El champán y el amor le pasaban una dulce factura. Bajo las sábanas calientes, buscó con su pie el calor de mi cuerpo, el amor que transmite el contacto con la piel, pero no lo encontró. Se incorporó lentamente, se desperezó y me buscó con la mirada, primero con curiosidad y luego con una creciente sorpresa. No había ni rastro de mí. Levantó la voz y me llamó varias veces, cada vez con más fuerza, no encontrando nunca respuesta. Su voz resonó en una casa extrañamente vacía. Buscó mi ropa y esta no apareció. Algo alarmada, con la ansiedad creciendo en su alma, Allegra se levantó y se dirigió al salón. Por la cabeza se le pasó ingenuamente la posibilidad de que los esbirros del Sr. Xiao hubieran vuelto y de alguna manera me hubieran secuestrado. Pero no había ningún signo de violencia, ni ella misma había escuchado ruido alguno la noche anterior, por lo que su cabeza descartó esa posibilidad. Pero ¿dónde está Alberto? Algo aturdida, siguió buscando a su alrededor alguna pista de mi paradero, hasta que sus ojos se clavaron en la mesa de estar del salón. Observó que sobre esta reposaba la carpeta transparente y, a su lado, las fotos del cuadro. Pero también se percató de que el sobre que había contenido el informe con la traducción de los caracteres chinos del cuadro de Casilda estaba abierto y permanecía encima de la mesa. Sin dudarlo llegó a la conclusión de que Alberto se había levantado por la noche para leer la traducción en soledad, buscando intimidad para enfrentarse a sus recuerdos y los de su querida Casilda. Cuando pensó en Casilda, pese a que Allegra nunca la había conocido, un rayo de culpabilidad asoló su alma al recordar los hechos de la noche anterior. Pero esa culpabilidad se tornó en envidia hacia ella, una envidia sana debida a que Alberto la hubiera querido con tanta pasión.

Allegra cogió el informe con gran delicadeza, ceremoniosamente, quizá con una mezcla de miedo y respeto, pues tenía la intuición de que esa traducción le aclararía de alguna manera el paradero de Alberto.

Dudaba si leer la traducción sin el permiso de Alberto, pues pudiera estar violando su intimidad. Finalmente, respiró profundamente para intentar contener los latidos desbocados de su corazón y empezó a leer la traducción de los caracteres chinos que siempre habían adornado el cuadro del famoso caballero. Era un breve poema. Pronto lo comprendió todo. Las lágrimas recorrieron sus mejillas dejando surcos anchos y húmedos, su respiración se entrecortó y comenzó a sollozar. Sintió que Alberto la había abandonado.

Diez años transcurridos: cada día más lejos,
cada día más borrosos, la muerta y el vivo,
no es que quiera recordar: no puedo olvidar.
A miles de li su tumba yace sola,
pensamientos distantes de ella, hacia ella: sin ella.
Si volviésemos a encontrarnos,
no me reconocerías:
el pelo blanco, mi cara sucia de polvo.

La noche cerrada, soñé que regresaba a casa.
Te veía a través de la ventana de tu cuarto.
Arreglándote, te peinabas y me veías, pero no hablabas.
Nos mirábamos, llorando desconsoladamente.
Ese es el lugar donde se rompe mi corazón:
la cima de cipreses bajo la luna.

«Pensando en mi mujer muerta» - Poema del gran literato Su Shi, fechado en torno a 1060 y dedicado al doloroso recuerdo de su primera mujer fallecida en la flor de su juventud.

Madrid, 19 de abril de 2008

AGRADECIMIENTOS

Tengo tantas personas a las que agradecer, que este espacio en sí mismo ya es injusto. Ruego me perdonen aquellos a los que no he podido mencionar.

Para empezar gracias a Dios.

Gracias a mi madre, María Dolores Villanueva, por apoyarme siempre y por aconsejarme con la inteligencia y con el amor que solo una madre puede dar.

Gracias a mi padre, José del Castaño Layrana, por ser mi referente en la vida, bondadoso con su cariño, y por transmitirme el ejemplo de un verdadero caballero.

Gracias a mis hijos, Álvaro, Pepe y Nicolás, por hacerme feliz, por contagiarme su alegría de vivir y por enseñarme día a día a ser mejor padre. Y a mi hijo Mateo, gracias por cuidar de su familia desde el cielo y por encender la llama de esta novela.

A mis hermanos Tasio y Jaime, gracias por su generosidad y afecto, por leerse los primeros borradores repletos de errores y por animarme a seguir adelante.

Gracias al Katus por ser una fuente inagotable de amistad. ¡Podría escribir una enciclopedia con todo el material vital que hemos compartido! Pero que no se preocupen, «de aquí no sale nada...», que luego me ponen en *probation*.

A Gloria Fortún, gracias por sus consejos y ayuda.

Gracias a Mario Alonso Puig por creer en mi potencial, por sus sabios consejos y por guiarme en mis primeros pasos editoriales. He aquí otra historia para «Reinventarse».

A Isabela Lluch y Anuca Aisa, gracias por ser mis primeras lectoras y por transmitirme todo vuestro entusiasmo.

Gracias a mi editor, Jordi Nadal, por arriesgarse valientemente, por su pasión literaria, y por ser un gran empresario.

... Y sobre todo, gracias a mi querida mujer, Paz Juristo, a la que dedico con amor esta novela, por ser mi mayor acierto en esta vida.